LA AYUDANTE DEL ALQUIMISTA

Elena Negre Hernández de la Torre

A mi madre,
Que me inculcó el amor por las palabras.
Y a mi tío José María, que supo crear magia con ellas.

1

—¿A qué te dedicas?

—Soy gestor de recursos humanos en una empresa…

Ingrid dejó de escuchar. Su mente voló a un bosque en otoño, la luz volviéndose rojiza a través del filtro de las hojas, motas doradas escabulléndose en hilos del abrazo de los árboles. El sonido agudo y chirriante del columpio que se balancea bajo su peso, sus rizos castaños bailando sobre sus mejillas al vaivén acompasado de una música rítmica y silenciosa. El sentimiento de vértigo en la boca del estómago. La bicicleta azul con cintas moradas en el manillar desparramadas por la hojarasca del suelo. El gato negro observándola con desinterés desde los escalones de la casita.

Volvió a mirar al hombre que se sentaba en frente de ella. Cabello oscuro, afeitado, colonia cara, en los treinta y pocos. Camisa bien planchada pero abierta desenfadadamente en el nacimiento del pecho. Gestor de recursos humanos en alguna empresa. Él seguía hablando de su trabajo, ajeno, al parecer, al hecho de que ella le miraba sin verle. Seguramente estaría acostumbrado a esas citas con gente desconocida. Tenía bien aprendido su guion. Ingrid no estaba segura de si aquellas páginas web de citas y encuentros esporádicos eran un regalo o un castigo.

—Perdona, tengo que ir al servicio. Se levantó, apretando el pequeño bolso contra su regazo, y avanzó tambaleante sobre sus tacones demasiado altos. Otra incoherencia. Quien pensara que andar como un pato sobre zancos era atractivo vivía en una realidad paralela que ella no alcanzaba a comprender.

Estaba un poco mareada. No le dirigió ni una mirada a su reflejo, no le importaba el estado de su maquillaje. Estaba siendo un desastre. Se encerró en el cubículo y se sentó sobre la taza del váter. Sacó el móvil.

Tal y como esperaba, tenía un mensaje de su mejor amiga: *¿Qué tal la cita? ¿Es tan guapo al natural como en las fotos de su perfil?* No quiso responder. Elisa le habría escrito desde su sofá, entre los brazos de Óscar, mientras veían alguna película tonta en la televisión y disfrutaban de su vida perfecta. Su amiga era tan feliz que ponía todo su empeño en conseguir que Ingrid también lo fuera, y para eso le hacía falta un hombre. Era la única en el grupo de amigas que no tenía pareja, y la única que iba a terapia. En la mente de Elisa, esos dos hechos tenían que estar por obligación relacionados.

Suspiró y quitó el pestillo. En ese momento se miró al espejo. *¿Cómo hemos llegado hasta aquí, Ingrid? Tú, que nunca has fantaseado con el hombre perfecto, ni la boda perfecta, ni la familia perfecta. Tú te dejas convencer para que algún tipo de brujería virtual encuentre al hombre de tu vida sin que tengas que salir a buscarlo. Y el gañán en cuestión se llama Vicente y trabaja en recursos humanos. Suena tan romántico e intrigante que quiero llorar.*

Volvió a la mesa intentando sonreír.

— ¿Te encuentras bien?

—Sí, sí, es sólo que hace mucho calor aquí dentro ¿No te parece que la calefacción está muy alta?

—Bueno, es noviembre.

La conversación intranscendente continuó una hora más. Vicente le ofreció ir con él a su casa. Ella aceptó sin darle demasiadas vueltas. No tenía importancia.

***

—Bueno ¿cómo fue?

—Rápido e indoloro, como la eutanasia.

—Desde luego, hija, espero que no hagas gala de ese humor negro en las citas, porque así no te vamos a encontrar novio en la vida. – Elisa chascó la lengua antes de dar un sorbo a su té rojo, ideal para mejorar la digestión y adelgazar.

— Y si me encuentras un novio que no aguante mi humor negro ¿voy a tener que vivir escondiéndolo el resto de mi vida?

—Le harías un favor al universo. ¿Vas a darnos detalles o no? – Elisa se impacientaba. Claudia arqueó las cejas tras sus gafas de pasta, a la expectativa. Que no preguntara directamente por los detalles no

significaba que no le interesara. Ella era más de expresión gestual y sutileza, algo de lo que su otra amiga no entendía.
—Bien, veamos. Nos desnudamos, me sobó un poco, y un par de minutos después de estar dentro, se corrió. Fin. Me pidió perdón, dijo que nunca le había pasado antes, me ofreció quedarme, cosa que obviamente rechacé para ahorrarle el calvario de la vergüenza y para ahorrarme otra hora de conversación vacía y absurda sobre el mundo laboral, y me fui.
— ¿Vas a llamarle?
— ¿Para qué?
—En la página decía que estabais hechos el uno para el otro.
—Creo que un calvo canadiense que se dedicara a la pesca del salmón tendría más cosas en común conmigo que el pobre Vicente, gestor de recursos humanos.
—Es que casi no les has dado oportunidad al chico, igual estaba nervioso.
—Elisa, tengo 26 años y toda la vida por delante, no necesito encontrar a mi príncipe azul, no tengo ni idea de por qué acepté tu sugerencia de registrarme en esa página del infierno.
—Porque estabas borracha – apuntilló Claudia.
—Exacto, y os aprovechasteis de mi debilidad en un momento vulnerable.
—Ingrid, habías estado cantando *All by myself* en el karaoke a pleno pulmón, era una situación desesperada. – Elisa enarcó una ceja en un gesto característico que precedía a un sermón – Llevas tiempo asqueada con la vida. No digo que encontrar un hombre sea la solución a todos tus problemas, pero en mi experiencia, tener a alguien que te quiera y te apoye mejora bastante cualquier contexto.
—Mi psicólogo opina que tengo que buscar la solución en mí misma, no tratar de buscar a alguien que me arregle la vida, porque ese no es el problema de fondo. *El problema de fondo soy yo.*
— Bueno, tu psicólogo sabrá mucho, pero no es tu mejor amiga. – Elisa apuró su té y le dio una tregua, comenzando a interrogar a Claudia sobre el diseño de interior de la nueva cafetería del barrio que le habían encargado.

***

La abuela y su madre no eran grandes amigas, pero existía entre ellas un acuerdo tácito de no mostrar su desagrado mutuo cuando su padre y ella estaban delante. Ellos dos eran el equipo diplomático involuntario, venerado por ambas partes. La abuela nunca había llevado bien que la española se llevara a su hijo de Michigan, aunque ella también se hubiera enamorado de un librero de Salamanca. Lo lógico hubiera sido que entendiese que la mujer hiciera lo posible por conservar al amor de su vida, teniendo en cuenta que el abuelo había cruzado el charco y se había perdido en los bosques del norte de Estados Unidos por una americana loca por Gabriel García Márquez, el realismo mágico, y el toque gótico de Edgar Allan Poe. Así había salido el hijo; salmantino con aspecto extranjero, con sus grandes ojos verdes y rostro pecoso, y el peculiar nombre de Gabriel Walter Alonso. Julia Bernal, estudiante de Bellas Artes en Madrid, quedó prendada la noche que lo conoció, y fue algo mutuo; una de esas historias que nadie espera que acaben bien pero que tiene final feliz. Para la pareja, al menos, porque cuando Betty Moore recibió la llamada de su hijo diciendo que su año de intercambio en Madrid se alargaba de forma indefinida, estuvo a punto de sufrir un infarto. No le quedó más que el consuelo de que la visitara en Navidad y en verano con la artista de pelo castaño y ojos almendrados de sonrisa fácil, que con el paso de los años le dio a su amada nieta. Entonces, empezó a perdonarla un poco, mientras el bueno del abuelo Manuel las observaba divertido asomando la nariz desde detrás de algún libro.

Gabriel y Julia creaban libros de cuentos para niños. Él, de innegable gen literario, se encargaba de las historias, y ella de las ilustraciones. Aprovechaban los veranos en Michigan para soltar a Ingrid por los bosques bajo la mirada atenta de sus abuelos, mientras ellos buscaban la inspiración para seguir creando. Alquilaban la casita en el bosque, los abuelos cerraban la pequeña librería de Inverness, y se mudaban los cinco, con Foster, el gato de la abuela, a aquel rincón idílico alejado del mundo. E Ingrid no recordaba momentos más felices.

***

Gabriel y Julia llevaban una pequeña editorial especializada en cuentos infantiles, y vivían en una casa en la sierra, desde donde trabajaban. Ingrid agradecía tener aquel espacio alejado del barullo de Madrid a tan sólo una hora en coche. Aquel fin de semana lo necesitaba especialmente. Su piso en Lavapiés se le quedaba más pequeño que nunca.

Sus padres estaban viviendo una especia de segunda luna de miel continuada desde que ella se independizara. Las risitas disimuladas, los besos robados, las miradas de complicidad... parecían dos adolescentes recién enamorados. En aquel momento habían hecho del cortar verduras un juego de complicidad, y los oía reírse en la cocina mientras ella ojeaba una revista distraídamente. Era una de esas revistas que llenaban páginas y páginas de fotografías de famosos en malos momentos, sin maquillaje, y escribían comentarios ponzoñosos acerca de la celulitis de una cantante, o el exceso de peso de otra, para en la página siguiente escribir un artículo sobre la importancia de la autoestima, y trucos de maquillaje para verte perfecta. Todo ello redactado en una prosa dudosa y un vocabulario que Ingrid estaba segura de que la RAE no aceptaría. *5 años de periodismo y te dedicas a hacer unas prácticas mal pagadas en un periódico digital, y estas catetas que no saben redactar un texto tienen trabajo asegurado y bien pagado.* Le gustaba su trabajo. Pero no le gustaba su sueldo, su jefe, ni su horario. Contrato precario, problemas para llegar a fin de mes y pagar el alquiler de su caja de cerillas, nada de tiempo para socializar o dedicarse a sí misma. Sí, era la perfecta vida de una joven española media. Y estaba entre las afortunadas. Aunque no sentía que tuviera nada de suerte. *Debería mandarlo todo al traste. Marcharme y hacer algo distinto en otro lugar.*

—Papá, ¿crees que podría irme unos meses con los abuelos a Michigan? – Ni siquiera tenía pensada la pregunta cuando la formuló — ¿Les parecería bien?

—Cariño, dime una sola vez en la que tus abuelos no hayan estado encantados de que te quedes con ellos. ¿Pasa algo?

—Es sólo que ya sabéis que no me siento muy a gusto con mi vida últimamente, y se me ha ocurrido que un cambio de aires me vendría bien.
— Me parece una idea estupenda ¿cuándo se te ha ocurrido? – su madre tenía un sensor para detectar cuándo se le encendía la bombilla.
—Ahora mismo.
— ¿Lo vas a hablar con tu psicólogo?
—Le parecerá bien. Siempre me está diciendo que tengo que salir de mi zona de confort y todas esas cosas.
—Y ¿el trabajo?
—Lo dejaré. Allí puedo, no sé, ayudar a los abuelos con la librería e intentar hacer algunos trabajos como freelance.
—Bueno, supongo que es una buena forma de comenzar. – Sus padres le dirigieron sendas sonrisas de aliento un tanto dubitativas.

***

La abuela Betty gesticulaba frenéticamente desde la barrera de seguridad de Llegadas del aeropuerto de Detroit. El abuelo Manuel se limitaba a sonreír con su paciente expresión en el rostro. Conociendo a la abuela, le habría hecho llegar dos horas antes por si el avión saliera pronto, cosa que evidentemente, nunca sucedía.

Ingrid disfrutaba de ese habitual desconcierto de entrar en el mundo después de horas viajando a contrarreloj. La gente arrastrando maletas, ajetreada, hablando en distintos idiomas, yendo a un ritmo tan distinto y acelerado en comparación al suyo propio. Oía a la abuela parlotear y revolotear a su alrededor, después de concederle a su marido la licencia de que besara en la frente a su nieta. Y en ese momento en el que subían al coche y dejaban atrás el aeropuerto para dar paso a los bosques y los lagos, ese era el momento en el que le invadía la sensación de mariposas en el estómago y se sentía feliz y en casa, al tiempo que una presión en el pecho le hacía sonreír descontroladamente, intentando no soltar carcajadas como una maniaca.

Betty le había preparado la habitación de invitados en la planta baja. La mujer estaba tremendamente orgullosa de aquel cuarto de entre todos los de la casa. La cama estaba encajada entre estanterías y hacía
las veces de diván cuando nadie dormía en ella, y los escasos espacios entre libros estaban ocupados por artículos y fotografías dedicados a sus escritores favoritos. Aquel santuario a la literatura estaba orientado hacia el oeste, y la luz de atardecer atravesaba, magnífica, las vidrieras de las ventanas, consiguiendo con sus tonalidades doradas que pareciera la habitación del tesoro. Ingrid soltó su maleta junto a la puerta y se dejó caer sobre la cama. Cerró los ojos en inspiró con fuerza, dispuesta a quedarse allí tirada hasta que el olor a libros y a papel desgastado impregnase toda su persona. Sentía la presión en el estómago de quien ha saltado al vacío sin saber si lleva paracaídas. Pero ya no había vuelta atrás. Lo cierto era que estaba más asustada de lo que había imaginado. Aquella sensación de incertidumbre corroboraba lo mucho que se había acomodado en la aburrida rutina de su día a día. No recordaba ningún nuevo comienzo que le inspirase tanto desasosiego. La intrépida Ingrid se había hecho mayor y sus alas no tenían fuerza para un vuelo tan largo. Suspiró cuando oyó la voz de la abuela llamándola a comer.

—¿Cómo están las cosas en Madrid? ¿Vendrán tus padres este año por Navidad?

—No lo sé, abuela. La editorial se mantiene, pero si nunca ha dado grandes beneficios, estos últimos años menos. Las cosas están difíciles, ya sabes.

—Es lamentable – Manuel removía distraído la sopa frente a él – Somos el país con más capacidad autodestructiva y ahí seguimos.

—No empieces a aburrir a la niña filosofando, Manuel, está muy cansada del viaje.

—Abuela, no seas mala, el abuelo nunca me aburre.

—Hay cosas más importantes de las que hablar. ¿Qué vas a hacer ahora? Supongo que habrás dejado el trabajo teniendo un plan.

—No empieces a agobiar a la niña con tus preguntas, Betty, está muy cansada del viaje – la abuela le dedicó una mirada furibunda a su marido, que la ignoró y sonrió con complicidad a su nieta.

Siempre era así. La abuela le colmaba de amor y atención, pero era exigente respecto a la reciprocidad. El abuelo, con su carácter pausado, actuaba desde la sombra, siendo su cómplice más fiel, sin estar tan encima, pero salvándole de cada situación peliaguda.

Parecía haber envejecido mucho desde la última vez que lo había visto, dos años atrás. El pelo, antes cano, estaba completamente blanco, y sus ojos castaños parecían más escondidos entre el peso de las arrugas. Un rostro tallado en madera, tostado por el sol, debido a sus paseos diarios. No importaba que nevara o tronara. El abuelo Manuel siempre salía a dar su paseo, desatendiendo las protestas de Betty, que insistía en que iba a acatarrarse, a lo que él argumentaba que su paseo diario era lo que le mantenía en plena forma, lo cual era probablemente cierto, ya que, a diferencia de su esposa, él no había enfermado en los últimos veinte años. A sus ochenta conservaba todas su facultades físicas y mentales, y a pesar de que cada vez parecía hacerse más pequeño y arrugado, no le afectaba ningún achaque. Aún podía verse en él al hombre esbelto y apuesto que había sido en su juventud, conservaba la misma sonrisa amplia y amable, y aquella mirada que parecía saber tanto.

Betty, aunque cinco años más joven, había tenido que visitar al médico en varias ocasiones por problemas de colesterol y un pequeño susto con el corazón. Los años la habían vuelto más redonda, aunque su cutis todavía conservaba misteriosamente un aspecto fresco, y el hecho de que se tiñera la hacía parecer diez años más joven. El abuelo la reprendía cada vez que tomaba demasiada sal o dulce, y ella le respondía que no iba a quitarse los pequeños placeres de la vida a aquellas alturas. Formaban una extraña pareja, ambos testarudos y extravagantes, siempre más volcados en el otro que en ellos mismos.

El abuelo llamó a la puerta mientras deshacía la maleta, asomando la cabeza por el umbral y aventurando una sonrisa.

— ¿Puedo pasar?

—Claro. – Manuel se sentó en el diván mientras contemplaba a su nieta trajinar con la ropa hasta el armario.
— ¿Cómo estás, cariño? Me refiero de verdad, no a un "bien" cordial, o a un "cansada" de escapatoria.
—Si te digo la verdad, no sé cómo estoy. Me siento desorientada, y creo que pocas veces he estado tan asustada, y ni si quiera sé por qué, creo que he tomado la decisión adecuada.
—No creo que haya decisiones correctas o incorrectas, Ingrid. Sólo te llevan por un camino u otro.
Y cambiar de camino siempre resulta desconcertante. No te resulta familiar y te hace sentir que te has perdido. Pero es muy pronto aún para saber a dónde te lleva, deberías darte tiempo.
— ¿Y si me lleva a un callejón sin salida?
— ¿No estabas ya en un callejón sin salida? Si resulta que no te lleva a ningún sitio, como mucho estarás igual que antes, no peor, y al menos habrás hecho felices a tus abuelos viviendo una temporada con ellos. – Ingrid se sentó junto a Manuel y le abrazó.
—Antes tenía un trabajo, abuelo.
—Un trabajo basura, cariño, en el que no aprovechaban para nada tu potencial. Os han metido un miedo tremendo con el dinero, a ti y a tu generación. No te vas a morir de hambre, eso tenlo por seguro, no mientras estés en esta casa al menos, como si tu abuela fuera a consentir que eso pasase. Así que no te preocupes por el aspecto económico. Y ¿sabes? Últimamente me duele bastante la espalda, ya no soy tan joven y fuerte como antes, pero no se lo digas a Betty, me gusta cómo sigue mirándome – le guiñó un ojo e Ingrid soltó una carcajada. – El caso es que no me vendría mal ayuda en la librería. Además, tú sabes usar ordenadores y esos programas del infierno, nos vendría bien hacer un catálogo y hasta una página web. ¡Renovarse o morir! Tengo muchas ideas para atraer a clientes nuevos. Y tu abuela y yo ya no tenemos la misma energía.
— ¿Me estás ofreciendo un empleo para entretenerme, abuelo?
—No cariño, te estoy ofreciendo entrar a formar parte en el negocio familiar. Al fin y al cabo, será tuyo algún día, para que decidas lo que hacer con él.

—No digas eso.
—Pero es la verdad, Ingrid. Todos nuestros amigos llevan años jubilados, y tu abuela y yo aquí seguimos, renqueando entre las estanterías, negándonos a aceptar que el tiempo ha pasado y que deberíamos estar en Florida disfrutando de un descanso merecido.
—No os veo tomando el sol.
—No, ¿verdad? El día que me saquen de mi librería será con las piernas por delante.
—Deja de hacer alusiones a la muerte abuelo, tal y como estás; serás centenario.
—Eso estaría bien, me daría tiempo a hacer un montón de cosas.
—Eres un todoterreno.
—Ven, quiero enseñarte algo.
Atravesaron la casa a hurtadillas, Betty dormía la siesta frente al televisor, y salieron al jardín. El abuelo le condujo hasta un rincón donde crecía solitario un pequeño roble endeble.
—Lo planté el año pasado, en mi cumpleaños. Cosas que hacer antes de morir: tener un hijo; hecho, escribir un libro; hecho (no es importante que esté a mano y nunca haya visto la luz), y plantar un árbol; hecho.
—Tienes todo bien atado.
— ¡Y lo que me queda! Cuando tu abuela entró a la librería hace 55 años con aire despistado y su horrorosa pronunciación española, pensé que se trataba de una loca que se había equivocado de local. Pero no. Buscaba alguna primera edición de no recuerdo que libro para su tesis. No la teníamos, así que me ofrecí a encargarla en otra librería para ella. Las cosas iban lentas entonces, te puedes imaginar. 1960 en Salamanca, época de Franco, una americana deambulando por las calles entrando y saliendo de la universidad, cosa rara entonces. Continuó viniendo día tras día, para hablar de libros. Se sentía un poco sola, y la verdad sea dicha, supongo que nos gustamos desde el primer momento. Cuando acabó su trabajo allí y volvió a Estados Unidos, le vendí mi parte de la librería a mi hermano y me fui detrás de ella. Imagina su cara cuando me vio aparecer a los meses en la puerta de su casa. Yo no hablaba inglés en aquel momento, y fue una odisea llegar,

y un trayecto larguísimo. Todo el mundo me llamó loco entonces, que qué iba a hacer aquí. Pero no he lamentado esa decisión ni un solo día de mi vida. Ni cuando fregaba los platos para ganar algo de dinero e iba a clases de inglés por la noche. Hasta ella pensó que estaba loco. Pero acabé de enamorarla cuando le demostré que era capaz de cruzar el océano por ella sin ninguna garantía. Y tú, cariño, en eso eres como yo. Las corazonadas impulsivas que nos llevan a hacer locuras a ojos de los demás son las que cambian nuestra vida y la hacen increíble.

***

Apuntó un título más en la *tablet* y guardó el *Excell* cuando oyó la campanilla de la puerta.

Los abuelos habían ido al médico a por recetas para las pastillas del colesterol de Betty. Llevaba una semana trabajando afanosamente haciendo un registro de todos los libros que tenían para hacer un catálogo online. También había estado pensando el diseño de la página web. Todo eso mientras atendía a clientes y trepaba a lo alto de las estanterías a las que los abuelos no llegaban más que con escalera.

Salió de la trastienda quitándose las gafas y vio a un hombre robusto y rubio sonriéndole ampliamente. Parpadeó repetidas veces para asegurarse de que estaba viendo bien.

— ¿Alfie?

—Así que es verdad que has vuelto, ¿cuándo pensabas venir a saludar?

— ¡Ni siquiera sabía que estabas aquí! Te hacía en la universidad.

—No eres la única que acabó hace algunos años la universidad, Ingrid, tenemos la misma edad.

—Pero pensaba que te habías quedado en Detroit, nunca imaginé que volverías.

—Ya ves, parece que Inverness tiene algo magnético para nosotros, ¿eh? Al fin y al cabo, sus bosques pueden convertirse en cualquier cosa. No todos los lugares tienen esa capacidad.

Ingrid rodeó el mostrador y se dejó envolver por el abrazo de oso de su compañero de juegos de la infancia. Alfie debía de medir casi dos metros, y tenía una envergadura imponente. De pequeño había sido regordete y sonrosado, así como algo pachorrón, pero en el instituto había estirado, y había descubierto su habilidad jugando al baloncesto.

Lo último que Ingrid había sabido de él era que había ido a la universidad de Detroit con una beca deportiva para estudiar algo de ciencias. Era lo normal; Ingrid era la parte creativa e imaginativa del equipo, y Alfie el cerebro lógico y práctico que daba salida a sus más descabelladas ideas, no siempre con éxito.

Una vez habían tratado de fabricar un avión a pedales, y se habían lanzado desde el tejadillo de un cobertizo con unas sábanas a modo de paracaídas. El niño había acabado con una escayola en la pierna e Ingrid con puntos en la cabeza. Su cuartel general en la casa del árbol había sido mucho más exitoso.

Ayudados por los adultos, habían construido una caseta en lo alto de un roble rojo que había crecido como predispuesto a albergar una pequeña construcción como la suya gracias a la forma de nido que adoptaban sus ramas. La de horas de verano que pasaron en el cuartel jugando, escondiendo tesoros y tramando planes no podían apuntarse en un calendario.

Pero pasaron de compartir todos los veranos y Navidades a verse cada dos años durante temporadas más breves cuando cumplieron 14 años, y los padres de Alfie se divorciaron. Su hermana y él tenían que turnarse entonces para pasar las vacaciones con uno de sus dos progenitores.

—Así que ya eres licenciado en…

—Física. Tenía que comprender por qué el maldito avión nunca voló. – Rompió a reír a carcajadas. Su risa era limpia y contagiosa, e Ingrid sintió como le invadía una oleada de cariño. El bueno de Alfie.

—Y ¿qué haces aquí?

— He cogido una excedencia en la universidad. Me estoy dedicando a la investigación, pero mi madre… bueno, tiene cáncer de mama y está con la quimioterapia. Es un tratamiento difícil, ya sabes. Y ella está aquí sola, Annie vive ahora en Chicago y no podía venir con el bebé, así que voy a estar aquí hasta que acabe todo esto y pueda volver a valerse por ella misma.

—No sabía nada, Alfie. Lo siento.

—Bueno, está mejorando, deberías venir un día a cenar, se alegrará de verte. A veces se acuerda de ti y de tus caras de asco cuando te daba mantequilla de cacahuete para merendar.
—No sabéis comer en este país. – le reprochó Ingrid ocultando una sonrisa. – Pero acepto la cena.

***

La casa del árbol estaba tal cuál la habían dejado hacía diez años. Parecía una instantánea congelada en el tiempo. La madera se había cubierto de musgo y las ramas y el follaje habían ganado terreno, pero la estructura seguía aguantando perfectamente. Ingrid tuvo una extraña sensación de añoranza.

Había cenado en casa de Alfie, tal como había prometido dos días antes. Para su madre sí que había pasado el tiempo.
Seguía teniendo la cálida sonrisa de su hijo, pero un enorme cansancio se sumaba a los efectos de la quimioterapia. La joven sintió que su amigo estaba incómodo al principio, como si fuera el guardián custodio de alguien muy frágil que no debe estar expuesto al mundo. Pero la mujer, efectivamente, se alegró de ver a Ingrid.
—Mira, mira, vaya mujer tenemos ahora. ¿Dónde queda el diablillo de pelo alborotado que guiaba a mi Alfie a las travesuras más descabelladas?
— ¿Cómo te encuentras, Maggie?
—He tenido momentos mejores, pero todo está yendo a mejor, así que no tengo derecho a quejarme. Además, mi chico ha vuelto a casa una temporada con su madre, eso desde luego mejora la situación. ¿Sabes que Annie ha tenido un bebé? ¡Soy abuela! Lo han llamado Benjamin. Su padre es judío. Me he opuesto a que le hagan la circuncisión, pero Annie dice que para la familia de él es importante, y que tampoco es para tanto. Que es más higiénico incluso. ¿Te lo puedes creer?
—Mamá, Ben estará bien. Eres una exagerada.
—¿Exagerada? ¿Te hubiera gustado que mutiláramos tu cosita cuando eras pequeño?

—No es una mutilación, y no hables de mi "cosita" cuando hay invitados delante, por favor te lo pido.
—Pero si es Ingrid. ¿Cuántas veces os habéis bañado en el lago cuando erais pequeños? Además, es una mujer de mundo. ¿Crees que se va alarmar por hablar de tu cosita?
—Sí, Alfie, no tienes que avergonzarte de tu "cosita" – Ingrid le dirigió una sonrisa maliciosa y él le dio un codazo.
La cena transcurrió entre un mar de recuerdos. Había pasado tanto tiempo sin que se dieran cuenta, que acordaron ir a la casa del árbol al día siguiente, cuando Ingrid saliera de la librería.
Se plantaron frente al tronco mirando con desconfianza los maderos clavados en éste que habían hecho las veces de escalera.
—¿Crees que aguantará nuestro peso? – inquirió Ingrid.
—El mío no estoy seguro, el tuyo seguramente sí. Eres poca cosa.
—¿Poca cosa? Perdona, pero tengo una altura de lo más normal. No es mi problema que tú seas un gigante del tamaño de un troll.
—Qué halagador. Pero ¿hablamos de un troll de las cavernas, o de uno de esos que sirven para empujar las puertas de Mordor? Hay distintos tipos y tamaños de troll.
—¿Cuál es el más feo?
—Había olvidado lo encantadora que eras. Venga, señora tamaño estándar, usted primero.
—Señorita, no me pongas edad. Y por supuesto yo voy la primera, no esperaba que tú te atrevieses a subir antes que yo. ¿Aún tienes aracnofobia?
—¿Quieres quedarte la casa para ti sola y por eso me desalientas? Venga, arriba.

Ingrid se aferró a los primeros maderos y apoyó el pie con cuidado. Le daba miedo que la madera estuviera podrida por la humedad, pero pareció aguantar su peso. Siguió trepando hasta la trampilla que daba paso al interior. La levantó y una nube de polvo la envolvió, haciéndole estornudar. Se dio impulso con los brazos y se sentó en el borde del suelo. Echó un vistazo a su alrededor antes de subir las piernas. Si Alfie seguía sufriendo aracnofobia ella no habría exagerado con lo mal que lo iba a pasar. Las arañas habían colonizado

el lugar. Las arañas y el polvo, que danzaba pausadamente en el halo de luz que se filtraba desde la rendija de la ventana cerrada.
—Espero que no seas alérgico, Alfie – gritó, mientras oía el crujido de los maderos bajo los pies de su amigo.
—Creo que pondré troncos nuevos, o nos acabaremos abriendo la cabeza subiendo o bajando de aquí.
—Sí, también harían falta un par de trapos, lejía y paciencia. Esto está asqueroso.
—Una descripción un tanto fea para nuestro cuartel general. Eres una desagradable. Sólo está un tanto dejado por el tiempo, pero aún conserva su encanto, y la luz tenue le da cierto aire de misterio.
—¿Has estudiado física o poesía? Venga, Walt Whitman, termina de subir.

Ingrid abrió la ventana y se tapó la boca para evitar tragar otra nube de polvo mientras Alfie abría su mochila, sacaba un manta de picnic y la extendía sobre el suelo. Consiguió cubrir casi la totalidad del suelo, pues la cabaña era mucho más pequeña, a ojos de un adulto, de lo que ninguno recordaba.
—¿Manta de picnic y todo? Qué refinado te has vuelto.
—A algunos madurar nos sirve para algo útil, no sólo para afilar nuestra lengua mordaz.
—Touché.
—Venga, siéntate. Hoy tenemos consejo.

"Consejo" era la palabra que usaban para referirse a las reuniones que efectuaban, a veces escabulléndose en mitad de la noche, para tratar asuntos importantes. El último lo habían realizado cuando Alfie recibió la noticia del divorcio de sus padres. Se reunieron clandestinamente para intentar encontrar una solución y que Alfie no tuviera que mudarse la mitad de los meses fuera de Inverness. Pensaron desde cómo conseguir que sus padres volvieran a quererse hasta planear una huida o fingir un secuestro.
—¿Consejo? Eso suena serio.
—Bueno. Hace diez años o más que no celebramos uno. Deberíamos ponernos al día en los asuntos de verdad. Ya hemos tenido un par de días de charla cordial y acercamiento. Pero somos nosotros. – el joven

hizo una pausa, y la miró fijamente. — ¿Por qué has venido de verdad?
—¿De verdad? – Ingrid suspiro. A pesar de haber hablado con el abuelo con sinceridad, volver a repetirlo delante de alguien que probablemente la recordaba como una intrépida aventurera se le hacía cuesta arriba. Se tomó unos segundos, tratando de ordenar sus pensamientos. — Porque necesitaba dejar atrás mi vida aburrida y rutinaria. Me sentía atrapada, asfixiada. Estaba yendo a terapia incluso. Esa insatisfacción constante. Mis amigas empeñadas en encontrarme un novio, convencidas de que esa es la razón de todos mis problemas, agobiándome. No sabes la de caras que he visto en los últimos meses, de las que no recuerdo ni el nombre, y cada vez sintiéndome más vacía y menos yo. Uf, bueno. Ya lo he soltado. Ha sido más fácil de lo que esperaba decírtelo a ti. – Y era la verdad. Alfie no había alterado su gesto lo más mínimo. No había cara de pena, ni de compasión, ni de falso entendimiento. Sólo su atento escrutinio.
—Guau. Buena confesión. Supongo que me toca. – En esa ocasión fue él quien quedó momentáneamente en silencio, como seleccionando las palabras adecuadas para expresarse. Era un hábito que tenía desde muy pequeño.
—He vuelto no sólo por cuidar de mi madre, que ha sido la razón principal, no podía dejarla sola… — comenzó. — Pero en realidad ha sido la excusa perfecta porque la vida en Detroit se me estaba haciendo insoportable. Mi novia me dejó hace seis meses después de cuatro años y todo me recordaba a ella. Suena patético ¿eh?
—¿Más que lo mío? – Ingrid soltó una carcajada amarga. — No Alfie, al menos tú tienes un motivo real para sentirte triste.
—Entonces ¿no tienes a nadie?
—Por favor, no empieces tú también. No, no tengo novio, ni siquiera creo haber estado enamorada alguna vez.
—Eso se sabe, así que no, no lo has estado. – Alfie le cogió las manos – Y no me malinterpretes, Ingrid. Sé perfectamente que no eres el tipo de persona que necesite a alguien para sentirse completa. Tú eres la loca aventurera inventora de historias. Me sorprendió que acabaras estudiando periodismo, para contar las historias de otros.

—Es bueno tener contrastes. Me gusta investigar, y contar la verdad sobre las cosas. Es sólo que la profesión está tan desprestigiada, y a los jóvenes periodistas se nos dan tan pocas oportunidades…
—Bueno, y entonces ¿qué vas a hacer ahora? Imagino que lo de la librería es echar una mano temporalmente.
—Me gusta trabajar en la librería. Es como estar en casa. Pero sí que me gustaría empezar a hacer algo como freelance. Pero ni si quiera tengo un coche para moverme. Supongo que aún no he empezado a centrarme mucho. Debería conseguir uno.
—Puedo acompañarte esta semana. Ahora sólo soy enfermero a tiempo parcial y trabajo en algunas líneas de investigación desde casa, lo que puedo hacer lejos de la universidad.
—¿Y tú que vas a hacer, Alfie?
—Darme tiempo para recuperarme, supongo. Y mientras, ayudar a mamá en su recuperación. Luego supongo que volveré a Detroit y retomaré mi vida allí con más tranquilidad. Me gusta mi trabajo. Es siempre un desafío mental, nunca te aburres. O casi nunca. Y Detroit es una ciudad grande. Es decir, no tengo por qué cruzarme con Clare.
—¿Tan mal acabó?
—Bastante. Nunca es fácil cuando se cansan de ti. Te hace pensar en todas las carencias que tienes, las cosas que has hecho mal.
Lo que te ha faltado. Especialmente cuando para ti todo iba bien, y de la noche a la mañana todo cambia.
—Alfie, sin conocerla a ella ni su versión… No creo que hayas hecho nada mal. A veces, simplemente la rutina agota. Imagínate que eres chocolate. Si alguien come mucho chocolate todos los días es posible que acabe cansándose y deje de comerlo. Pero nadie diría que el chocolate ha dejado de estar bueno ¿verdad? Eso sería una gran mentira.

***

Tres días más tarde, después de haber redactado su *Curriculum Vitae* en inglés y haberlo mandado a diferentes anuncios, periódicos y revistas (algunos de lo más extraños), aparcó su nuevo Ford de segunda o tercera mano en la puerta de casa. Alfie le había ayudado a elegirlo. Ella no tenía mucha idea de coches, las cosas con ruedas nunca le habían interesado lo más mínimo, a excepción de la bicicleta. Pero estaba satisfecha con su compra. El coche tenía años y kilómetros, y algún rasguño, pero iba suave como la seda y cumplía su cometido de transportarla a diferentes sitios, su único requisito. Además, le gustaba el color azulón. Era un sábado por la tarde y la abuela estaba sentada en el porche leyendo. Levantó la vista y la posó sobre ella, inquisitiva. Ingrid supo al instante que se acercaba una incómoda ronda de preguntas. Echó un vistazo rápido a los alrededores para ver si el abuelo estaba cerca para rescatarla, pero no había ni rastro, debía de seguir en la librería trasteando.

Ingrid suspiró y subió pesarosa lo escalones del porche, poco receptiva a someterse al interrogatorio sin testigos.

—¿Qué tal la tarde?

—Muy bien, me he comprado un coche – hizo un gesto vago, indicándoselo.

—Ya lo veo. ¿Has ido sola?

—No, Alfie me ha acompañado. No entiendo mucho de motores, la verdad – Ingrid tuvo el horrible presentimiento de que el interrogatorio tenía tintes amorosos.

—Vas mucho con Alfie.

—Como siempre abuela, es mi mejor amigo de la infancia, siempre éramos uña y carne. ¿No te acuerdas?

—Pero ya no sois niños.

—Evidentemente. Por cierto, esta mañana he mandado mi *Curriculum* a todos los anuncios, por variopintos o extravagantes que fueran, para empezar a trabajar de periodista. He puesto que tengo horario flexible, lo podré compatibilizar con la librería, supongo. – Era consciente de que era un intento muy pobre y descarado de salirse por la tangente, y que no iba a dar resultado. La abuela había puesto su mirada de halcón, y el halcón no dejaba escapar así como así a su presa.

—Estupendo, pero no cambies de tema. –No, no iba a dejarla escapar.

—¿Qué tema, abuela? ¿Quieres que te diga que Alfie es maravilloso y que estoy locamente enamorada de él? La primera parte es cierta, la segunda, no.
—Es muy buen chico. Responsable, trabajador, inteligente, muy inteligente de hecho, y es evidente que os adoráis. Y además es agradable a la vista ¿No?
—Sí, abuela. Es listo, es guapo; es un partidazo. Pero es mi mejor amigo, es como mi hermano, no puedo pensar en él de esa forma.
—Pues deberías empezar a pensarlo, mi niña. Ese chico siempre ha bebido los vientos por ti. Si iba detrás de ti haciendo todo tipo de locuras, siendo que él es mucho más sensato que tú, sólo porque tú se lo pedías.
—No iba detrás de mí, abuela, íbamos juntos. Y nos lo pasábamos muy bien. Y es agradable haberme reencontrado con él después de tanto tiempo. Tener un amigo aquí. Me ayuda a centrarme en las cosas que quiero, y me apoya.
—¿Sabes que su novia lo dejó no hace mucho?
—Sí, lo sé. Pero ni él está interesado en salir con nadie, ni yo lo estoy. No te montes películas – entró en casa enfadada, y dio un portazo.
Tengo que mudarme, no puedo aguantar este control.

2

La casita del bosque donde solía veranear en su infancia había parecido la opción más obvia. Sólo estaba a veinte minutos en coche, y podía seguir acudiendo a la librería sin problemas. La abuela se había enfurruñado un tanto cuando le dijo que se mudaba, e intentó argumentar que la casa no estaba en condiciones para ser habitada en invierno, y que era posible que ni siquiera la alquilaran. Ambas sabían perfectamente que la calefacción no daba problemas y que incluso ellos habían pasado algunas vacaciones de Navidad allí. Aquella mañana había comenzado a nevar, y enfundada en varias capas que incluían bufanda y gorro, salió del coche con las llaves tintineando en la mano. Miro con nostalgia a las escaleras. Se le hacía extraño, aún después de tantos años, que Foster no estuviese allí, al acecho. Había sido el gato más antipático del mundo, y cómo le echaba de menos. Subió los escalones con cuidado de no resbalar con la fina capa de hielo que los cubría, apuntando mentalmente que tenía que echar sal. Abrió la puerta, que chirrió quejumbrosa por el esfuerzo y le dio paso a la salita de estar. Ingrid exhaló un suspiro adornado por una bocanada de vaho. Se tomó un instante antes de entrar en la cocina y encender la calefacción. Al igual que el cuartel general del árbol, parecía una instantánea congelada en el tiempo. Los mismos muebles de madera, el parquet desgastado y deslucido del suelo, los adornos de ganchillo en las ventanas. La cocina y el baño habían sido reformados recientemente, pero las habitaciones también seguían estando iguales. Entró en la que fuera su habitación y se tumbó en la cama. Los muelles se hundieron bajo su peso y quedó hundida en el colchón, como si éste le abrazara. Probablemente aquello ahora le destrozaría la espalda, pero cuando era pequeña le encantaba la sensación. Le hacía sentirse protegida. Eligió la que había sido la habitación de sus padres, con una amplia cama de dosel en el centro, y dejó a sus pies la maleta. La calefacción era de instalación antigua, así que supuso que tardaría un rato en calentar. Cogió las llaves y salió.

Decidió dar un paseo con el coche por los alrededores antes de regresar al pueblo.

El paisaje empezaba a asemejarse a una postal de Navidad. Una capa de escarcha cubría la hierba a los lados de la carretera y las ramas desnudas y desvalidas de los árboles. El cielo estaba gris y una niebla casi cristalina amenazaba con cernirse sobre el mundo. A Ingrid la niebla le ponía triste, al igual que la lluvia melancólica, pero ninguno de ambos estados le desagradaba completamente.

Aparcó frente a su cafetería favorita y entró a tomar un café. Lo que más le gustaba de las cafeterías estadounidenses era el tamaño de los tazones de café, que en España hubieran equivalido a un cubo pequeño. Era domingo por la mañana, la librería estaba cerrada y los feligreses en la iglesia. La sala estaba prácticamente vacía, a excepción de un par de personas sentadas en el rincón más alejado de la puerta.

Mientras apuraba su café, sonó el móvil, haciendo que se sobresaltase. Sólo habían pasado unos pocos días desde que había echado los *Curriculums*, y aún no había recibido ninguna llamada de ningún número desconocido.

—¿Sí?

—¿Ingrid Alonso? – la voz era aguda y rasgada, tenía algo inquietante, y no era sólo por la manera casi perfecta de pronunciar su nombre, cosa complicada para los angloparlantes en general.

—Sí, soy yo.

—¿Eres tú la periodista?

—Sí. ¿Con quién hablo?

—Mandaste tu *Curriculum* a una oferta en internet para ser redactora en una investigación.

—Sí, el anuncio era un poco ambiguo, si me pudiera dar detalles…

— ¿Tienes algo donde apuntar? – la voz la interrumpió bruscamente.

—Eh, sí…

—Apunta. Maxwell Road esquina con Townline Road. Mañana por la mañana, a la hora que te venga bien. Te estaremos esperando. – cortó la línea.

Ingrid se quedó unos segundos con el móvil en la mano sin saber qué hacer.

—Parece que has visto un fantasma, vaya cara tienes. – dijo una voz a sus espaldas.
—Por Dios, Alfie, casi me da un infarto – respondió antes de darse la vuelta, reconociendo su voz.
—¿No has ido a la iglesia?
—¿Tú qué crees? He hecho la mudanza.
—Y ¿qué tal ha ido? Hace siglos que no voy por allí, apuesto a que está exactamente igual que siempre.
—Han hecho alguna reforma, pero en esencia sí.
—Bueno, y ¿qué te pasa? Te he visto colgar el móvil mientras entraba y tu cara era un poema.
—He tenido la entrevista más rara de mi vida, si es que puede llamarse entrevista. Tengo que ir mañana a un sitio, pero no sé ni qué hacen. No me lo ha querido decir. ¿Cómo se supone que tengo que prepararme una entrevista así?
—¿Una entrevista en un lugar de alto secreto? Suena interesante. Igual es para el gobierno. Igual descubres los alienígenas ocultos criogenizados que el gobierno esconde para no alertar a la población mientras estudian sus cuerpos…
—O igual es una broma. Si el anuncio ya era enigmático, no quiero ni contarte la voz de la mujer, si es que era una mujer.
—¿No sabes distinguir la voz de un hombre a la de una mujer?
—Si te digo la verdad, sonaba a un gato maullando con palabras.
—¿Qué le han echado a tu café? – Alfie cogió el tazón que descansaba en frente de ella y lo inspeccionó, olisqueándolo exageradamente.
—Deja de burlarte de mí. Si mañana desaparezco te sentirás culpable.
—Entonces… ¿Vas a ir?
—Bueno, no tengo nada que perder…
—La vida. Mira que mi sueldo está bastante bien, pero no sé si tanto como para pagar tu rescate.
—Eso depende del precio que me pongan.
—Tienes razón. Una española aquí, sin oficio ni beneficio… – Ingrid le arreó un guantazo en el hombro, y mientras él soltaba una risilla tuvo la sensación de que ella se había hecho más daño golpeándole a él que al revés.

—Voy a darte la dirección por si acaso. Si por la tarde no tienes noticias mías, ven a buscarme.
—A sus órdenes, mi capitán.

***

Ingrid miró de nuevo la dirección que había apuntado en el móvil. Se encontraba en el cruce entre ambas carreteras, una de ellas, más un camino de tierra transformada en fango por los copos de nieve derretidos que una carretera propiamente dicha. Había algunas cuantas casas diseminadas por los alrededores, en medio de extensiones de campo y árboles, pero en la dirección exacta sólo una edificación con más pinta de cobertizo que de casa como tal. Estaba cada vez más convencida de que aquello era alguna clase de broma de mal gusto. Suspiró y entró en la parcela de hierba descuidada, resignada a haber perdido la mañana, pero no iba a marcharse sin al menos llamar para intentar descubrir quién estaba detrás de la jugarreta.

No había ningún tipo de timbre ni campana, pero antes de que golpeara la puerta, ésta se abrió, y una cabeza anaranjada asomó por el hueco.

—Eh... vengo por la entrevista. – Se sintió idiota en el mismo momento en el que pronunció las palabras, pues lo que había delante de ella no parecía una persona adulta, sino una niña preadolescente con un aspecto de lo más raro.

Tenía el cabello rubio anaranjado, con franjas más oscuras en algunas zonas, y unos enormes ojos amarillos con la pupila alargada. Era bajita y parecía escuchimizada, aunque no podría decirlo con seguridad dada la ropa holgada que llevaba. Sonrió, e Ingrid contempló paralizada que los finos dientecillos estaban afilados.

—Disculpa. – Volvió a articular la palabra después del shock inicial. Aquella debía de ser la moda de alguna nueva tribu urbana. – Creo que ha habido algún error. No sé quién eres, pero yo soy periodista, y he venido porque creía que había algún tipo de entrevista de trabajo...

—Ya sé quién eres. Te llamé por teléfono. Ayer. – La voz era inconfundiblemente el mismo maullido agudo, un tanto desafinado, que le había hablado el día anterior. Era como si hubieran forzado a

sus cuerdas vocales a emitir sonidos para los que no estaban preparadas. – Pasa.
Abrió más la puerta y se apartó, dejándole entrar. Ingrid sintió un escalofrío en el espinazo.
—No te preocupes, la mayoría de la gente se siente nerviosa la primera vez que me ve, estoy acostumbrada – dijo sin mirarla. La inquietud aumentó. Parecía poder leerle la mente.

El edificio era, efectivamente, un cobertizo viejo con un montón de aparejos para el campo apilados contra las paredes. Alguien había instalado una mesa con una silla a cada lado en medio de la estancia. Sólo había un ventanuco por el que se filtraba la tenue luz invernal como foco de iluminación. Ingrid asió con fuerza las llaves en el interior del bolsillo, preguntándose si en caso de necesidad podría utilizarlas como arma. La chica gatuna era bastante más pequeña que ella, pero había en ella cierto aire peligroso, depredador. Le indicó con un gesto que se sentara. Ella rodeó la mesa, pero no se sentó.
—No me gustan mucho las sillas. Son incómodas. – Se excusó con indiferencia. Se quedó observándola con aquellos penetrantes ojos amarillos, e Ingrid creyó percibir que la pupila se dilataba. Aquello no podían ser lentillas. Ninguna lentilla tenía la capacidad de recrear imagen de movimiento.
—¿Vas a preguntarme algo? – dijo al fin, aclarándose la garganta.
—Pensaba que eras tú la que tenía preguntas, ayer parecías ansiosa por saber – la chica hizo un vago movimiento y dejó pasear su mirada por la pared, como si fuese mucho más interesante que Ingrid.
—Bueno, es, supuestamente, una entrevista de trabajo. Se supone que las preguntas las hace el que contrata para saber si el candidato es válido o no.
—Sí, sí. Es una entrevista de trabajo – se quedó callada unos instantes – No ha habido muchas respuestas a nuestro anuncio. Pero de todos los valientes que escribieron, tú eres la mejor cualificada para el trabajo. Nos gustaste.
—¿A quién?

—A él y a mí. A él especialmente, claro, yo no entiendo mucho de estas cosas, pero se me da bien calar a los humanos, así que él quería que yo te viese primero.
—¿A los humanos?
—Bueno. Eres humana ¿no?
—¿Y tú? – Ingrid sintió que se le hacía un nudo en la garganta al articular la pregunta.
—¿Tú qué crees? – *Creo que o eres una psicópata, o esto es una cámara oculta, o yo me estoy volviendo loca.*
—Creo que esto es muy raro.
—¿Eso es lo que llaman instinto de periodista? No sé si eres muy aguda.
—Y ¿en qué se supone que consiste el trabajo?
—En escribir. Eso sabes hacerlo bien, supongo. Necesitamos que escribas sobre una investigación que estamos llevando a cabo.
—¿Qué tipo de investigación?
—Ah, eso es complicado de explicar, a él se le da mejor. Yo sólo soy su ayudante.
—Y ¿quién es él y dónde está?
—Él es padre, claro, y está en un sitio donde no puedan encontrarlo fácilmente. Tendría que llevarte ante él. Pero no acabo de decidir si me convences.
—Y yo no acabo de decidir si tú me convences a mí. Esto es de locos.
—Pero sigues aquí ¿no? Eso significa que la curiosidad en ti es más fuerte que el miedo. Eso está bien. No te asustas ante lo que no conoces ni comprendes. O al menos no echas a correr… Puedes aflojar la presión en las llaves, te vas a hacer sangrar la mano, y no conseguirías alcanzarme con ellas. Tranquila, puedo asegurarte que la curiosidad no mató al gato. – Sonrió con aquella expresión maliciosa, y sus pequeños colmillos parecieron brillar en la oscuridad.
—¿Tienes un nombre al menos? Ya que tu padre no parece tenerlo.
—Felina.
—Qué adecuado – murmuró, sarcástica.
—Sí ¿verdad? Él es muy bueno poniendo nombres. Ya lo verás. Y ahora, Ingrid Alonso… ¿nos vamos?

—¿A dónde?
—Con él, ¿a dónde va a ser? He decidido que me gustas.

***

Felina se había enroscado en el asiento del copiloto y sólo hablaba para darle indicaciones respecto a qué dirección tomar. La carretera se adentraba más y más en los bosques, interrumpidos únicamente por extensiones de aguas cristalinas.

Ingrid le había mandado un mensaje a Alfie diciéndole que todo estaba bien, aunque no estaba segura de la certeza de sus palabras. Miraba de reojo a Felina, y ésta parecía dormitar. Le resultaba difícil otorgarle una edad. Al principio le había parecido una niña, sin embargo, la forma en la que hablaba, la elegancia a la hora de moverse lo desmentían. Esa seguridad y determinación amenazante, y el presentimiento de que era parcialmente capaz de saber lo que estaba pensando, no eran sino el vestigio de una larga experiencia vital.
—Ahora gira a la derecha, llegaremos en seguida –indicó abriendo ligeramente los ojos con cierto gesto de desagrado, como si aquella fuera la tarea más tediosa que le hubieran encargado jamás.
Ingrid no era consciente de cuánto rato llevaba conduciendo. Atardecía, y estaba hambrienta; no había tomado nada desde el desayuno.

Entraron en un camino serpenteante, que, para sorpresa de la joven, desembocaba en una verja oscura de hierro forjado. Al otro lado de ésta, la luz del atardecer dejaba atisbar entre sombras un magnífico jardín un tanto descuidado, que precedía a una mansión de estilo victoriano. Era lo último que se esperaba. Miró a Felina mientras esta se desperezaba.
—¿Dónde estamos?
—En casa.

Atravesaron la verja y le hizo un gesto para que aparcara junto a la entrada principal de la casa. Bajaron del coche y Felina saltó ágilmente los escalones, adelantándole un buen trecho. Empujó la puerta con sus manos enguantadas y está se abrió silenciosamente.

Ingrid se apresuró a seguirla. En el vestíbulo había una adornada escalera de mármol que iba en dos direcciones, hacia la planta superior y hacia la inferior, y puertas a ambos lados.
—Ven por aquí – Felina señaló una de las puertas a la izquierda – Entra, voy a buscarle. Estará en el laboratorio. Seguramente nos habrá oído, pero estará enfrascado en algo que no querrá dejar a mitad.

La sala parecía una mezcla entre biblioteca y extraño museo de objetos del mundo. Las paredes estaban copadas por estanterías llenas de libros e incluso, lo que le pareció algún pergamino.
Apiñados entre diversos papeles había fotografías, una bola de mundo, una brújula, varias maquetas, máscaras africanas, esqueletos de pequeños animales, fósiles… Ingrid se sentó en uno de los sofás de cuero desgastado que ocupaba el epicentro de tan curiosa sala, preguntándose intrigada qué clase de persona podía tener una habitación así en su casa. Fuera estaba oscureciendo, y buscó con la mirada algún interruptor que accionase la luz, pues no tenía ninguna intención de quedarse en esa habitación sin iluminación. Como si algo obedeciese a sus deseos, la luz del techo se encendió en aquel mismo instante.
—¡Ah, aquí estás, querida! Tenía tantas ganas de volver a verte…

Ingrid se volvió, sobresaltada. Delante de ella había un hombre de constitución media y cabello oscuro y ensortijado, surcado por algunas canas en la zona de las sienes. No aparentaba más de treinta y tantos, y a pesar de ello, tenía un aire solemne. Le sonreía abiertamente mientras se aproximaba a ella y la abrazaba. Sus ojos brillaban por la emoción. Estaba segura de que no había visto al hombre en su vida, evidentemente aquello se trataba de algún tipo de error.
—Disculpe, creo que se ha equivocado, no nos conocemos…
—No te has equivocado, padre, estoy segura de que es ella, no he cometido ningún error – bufó Felina desde el umbral de la puerta.
—Claro que no has cometido errores, mi niña, lo has hecho perfectamente. Pero no te enfades con ella, al fin y al cabo, ella aún no puede saber que nos conocimos.

—Perdone – dio un paso atrás para alejarse de él. Su excesiva cercanía le estaba poniendo nerviosa — ¿Puede aclararme quién es?
—Nathaniel Hawk, para servirte. Tú puedes llamarme Nathan, por su puesto.
—Me temo que su nombre no basta para responder a mi pregunta. Ha sido un día muy raro y todo lo relacionado con usted parece sacado de un libro de ciencia ficción. Yo soy periodista y he venido para hacer una entrevista de trabajo, que ha tenido lugar en un cobertizo, y en la que no me ha preguntado absolutamente nada de mi carrera profesional, ni me han explicado en qué consiste el trabajo.
—Claro, Ingrid, entiendo que estés confusa, pero has accedido, y eso significa que tu intuición te ha invitado a seguir adelante.
—Mi sentido común, en cambio, me ha invitado a salir corriendo ¿Por qué parece usted conocerme?
—Nathan, Ingrid, puedes llamarme Nathan. Me resulta doloroso que no me tutees después de todo… En fin, sabía que este momento sería difícil, pero por eso mismo te pido que seas receptiva. Es tarde ¿te quedarás a dormir? Sé que te resulta violento, pero descuida, tenemos varias habitaciones de invitados. Es que no quiero que conduzcas por la noche por caminos que no conoces. Felina te ha traído dando vueltas para desorientarte. – La chica gatuna sonrió desde el rincón.
—¿Con qué propósito? – Ingrid sentía que su pulso se desbocaba.
—Persuadirte de que te quedaras, claro, ahora no sabrías volver. – El hombre sonrió como si aquello fuese lo más natural del mundo.
—¿Se da cuenta de que suena como a un secuestro? – Intentó mantener la voz firme y tranquila, pero la garganta se le había cerrado por el miedo, y tan sólo le salió un susurro.
—Esa es una palabra fea. Necesito hasta mañana para convencerte. Sólo es eso. Luego podrás irte, por supuesto. Tendrás que venir sólo en tu horario de trabajo. – Él seguía mirándola con inusitado interés, y aunque había respetado la distancia que ella había interpuesto, su presencia parecía seguir mucho más cerca.
—¿Qué es…?
—Bueno, tres mañanas a la semana estará bien como comienzo. – Él se encogió de hombros y su sonrisa se ensanchó.

—Me refería a cuál es el trabajo.
—Ah, bueno. Escribir. Soy investigador, y necesito que escribas sobre la investigación que estoy llevando a cabo para poder publicarlo en caso de necesidad. Esa sería tu función principal, de momento. Luego podrás involucrarte en el proyecto como gustes.
—¿Qué proyecto? – A pesar del susto que llevaba en el cuerpo, el hombre no parecía amenazador. Le hablaba como quien habla a un amigo de toda la vida, y pese a seguir nerviosa, se dio cuenta de que el corazón ya no amenazaba con salirse del pecho.
—Soy, mmm, digamos... químico. – Alzó la mirada al techo, dubitativo, e Ingrid aprovechó para estudiarlo un poco mejor. A pesar de su posición desenfadada, podía percibir que él también estaba nervioso.
—Yo no sé absolutamente nada de química. – Apostilló, cruzándose de brazos y frunciendo el ceño.
—Lo sé, lo sé. Lo que necesito son tus habilidades lingüísticas, querida, no te preocupes. Eres la persona indicada para esto. Puse el anuncio sabiendo que sólo tú responderías.
—¿Cómo puede saberlo?
—Porque tú me lo explicaste en el pasado.
—Escuche, señor Hawk, de verdad que no entiendo nada. Usted y yo no nos conocemos.
—Yo a ti, sí. Te conocí hace más de cien años, solo que para ti, mi pasado es tu futuro, por lo tanto tú no puedes acordarte porque no ha pasado todavía.
—¿Está usted loco? – hasta ella misma oyó el timbre histérico que adoptaba su voz. Él no se inmutó, como si estuviese esperando esa reacción.
—Supongo que algunos lo han pensado a lo largo de mi vida, pero no. El tiempo es una cosa curiosa. Me ha costado mucho descubrir como alterarlo. Pero por fin me estoy acercando, y por eso necesitaba encontrarte. Porque tú eres un punto fundamental y clave en todo esto.
Ingrid sintió que se estaba mareando. Estaba secuestrada en la casa de un psicópata.

—Querida ¿Te encuentras bien? No tienes buen color. ¿Quieres salir a tomar el aire? Hace bastante frío, tal vez te venga bien refrescarte.
—Sí… ¿Le, te importa que haga una llamada?
—Por supuesto que no, llama a Alfie o a tus abuelos para decirles que estás bien.
—¿Cómo…?
—Ingrid, ya sé que todo esto es difícil de asimilar, por eso quería contarte todo durante la cena con más calma, es una historia larga. Conozco la existencia de Alfie y de tus abuelos, así como de tus padres, y de tus amigas españolas, porque ya me has hablado de ellos.
Mira. Sé que es desconcertante, sé que parezco un loco que intenta retenerte, pero no es así – abrió y cerró los brazos en gesto de resignación y suspiró – Te necesito, Ingrid, necesito que me ayudes, mi investigación es muy importante.
Puedes no aceptar mi propuesta, mi explicación, pero dame el tiempo que necesito para explicártelo todo, y toma la decisión entonces de si quieres trabajar conmigo después de haber oído todo lo que tengo que contarte.
—Necesito aire.
—Está bien. Te esperaré en el comedor. Responderé a todas tus preguntas ordenadamente.
Ingrid atravesó el vestíbulo a toda prisa y salió de la casa, casi agradecida de no llevar el abrigo puesto; la bofetada de aire frío pareció devolverle al mundo real. Sacó el móvil del bolsillo y marcó con dedos temblorosos el número del móvil de Alfie.
—¡Oye! Ya pensaba que no ibas a llamarme. El mensaje que me has mandado antes ha sido tan críptico…
—Alfie, no sé dónde estoy. Voy a intentar mandarte la ubicación por GPS. Por favor, no les digas nada a los abuelos, no quiero preocuparles.
—¿Qué ha pasado?
—Mira, el tío que supuestamente quiere darme trabajo es algún tipo de científico loco que desvaría.
—¿Te ha hecho algo?

—No, no, no parece agresivo, pero no está en sus cabales, y la chica que trabaja con él, que es la que me llamó y que al parecer es su hija, es lo más raro que he visto en la vida. Sólo me han dicho que tengo que escribir sobre la investigación que están llevando a cabo. No hace más que hablar del tiempo, y dice que ya nos conocemos, pero te juro que no lo he visto en mi vida.

—¿Has mirado en el garaje? Igual tiene un Delorean.

—Alfie, no es una broma, de verdad, estoy asustada. No sé dónde me he metido.

—Vale, vale, tranquila. Mándame la ubicación y voy en seguida a buscarte.

—Quiere que me quede a cenar y a pasar la noche. Según parece, tiene miedo de que coja el coche por la noche.

—¿Qué? ¿Quiere que te quedes en su casa sin conocerte de nada?

—Bueno, él está convencido de que nos conocemos desde hace cien años, literalmente, así que supongo que para él es algo lógico y normal.

—Vale, Ingrid, mándame la ubicación y voy a por ti.

Colgó, conectó el GPS y abrió Whatsapp. Adjuntó su ubicación en un mensaje para su amigo. *No se carga* – contestó al minuto. Le entraron ganas de llorar.

—¿Vas a entrar? Se enfría el salmón – Felina la observaba aburrida desde la puerta. *Te mantengo informado. Si mañana al medio día no he vuelto, llama a la policía.*

Agradeció que al menos hubiera cobertura.

El comedor era una sala recubierta de madera oscura con una chimenea y una mesa alargada para dos comensales. Felina se había acurrucado junto al fuego. Se asemejaba tanto al comedor de Bruce Wayne que echó un vistazo disimulado alrededor, esperando encontrar a Alfred. El extraño Nathaniel Hawk se sentaba en uno de los extremos de la mesa y le dirigió una sonrisa tímida y ansiosa. Ingrid tomó asiento.

—¿Quién eres? Y no me digas tu nombre otra vez – él había dicho que respondería a todas sus preguntas. Ya que al parecer no tenía escapatoria, al menos iba a averiguar que era todo aquello.

—Me parece justo. Antes te he dicho que era químico, aunque no es exactamente así. Sí es cierto que trabajo con distintas sustancias, y las altero…
—¿Drogas? – eso explicaría muchas cosas.
—No, no – él soltó una risa nerviosa. Parecía un niño tratando de justificar sus acciones ante un adulto –El nombre de mi profesión es alquimia, una palabra un tanto obsoleta y que después de todo es la madre de la química moderna, pero no todos los caminos llevaron a Roma, al final.
—Alquimia… Así que eres un mago.
—No, no. Lo que yo hago no es magia. Está dentro de las leyes naturales, solo que es un arte extremadamente complicado y no quedan muchas personas que lo sigan estudiando. La química es mucho más práctica.
—Entonces ¿tienes el poder de transformar cualquier sustancia en oro y has descubierto la piedra filosofal y ahora vivirás eternamente?
—Detecto el tono de burla e incredulidad en tu voz, querida, y la respuesta es que no. Se han creado muchos mitos sobre nuestras hazañas. No existe tal cosa como la piedra filosofal, aunque es cierto que mis descubrimientos me han dado la capacidad de regenerar mis células y, por lo tanto, no envejezco, pero claro que podría morir. No de deterioro por la edad, pero podrían matarme con la misma facilidad que a cualquier otro. Y no todas las sustancias pueden transformarse en oro, aunque claro, como puedes ver, esta mansión cuesta un dinero.
—Puedes ser un heredero millonario y excéntrico.
—Mi padre era médico rural, la única herencia que tuve fueron unos cuantos dólares, útiles para pagar el alquiler de una habitación en una pensión, y algo de material quirúrgico que acabé vendiendo por la escasa utilidad que tenía para mí.
—Vale, supongamos que te creo. – Ingrid se recostó contra el duro respaldo de madera, y se volvió a cruzar de brazos, mirándole suspicaz. No podía tratarse de una broma, era demasiado elaborada. En tal caso, aquel tipo estaba convencido de cada palabra que le estaba diciendo.

—Es un comienzo. – Él emitió un suspiro aliviado, y se pasó una mano por el espeso cabello rizado.
—En tal caso ¿Cuántos años tienes?
—Nací en 1860. Tengo 155 años.
—Y esperas que después de esta respuesta acepte el trabajo – Nathaniel sonrió.
—Estoy seguro de que vas a hacer el trabajo.
—¿Por qué?
—Porque ahora mismo estás intrigadísima, y siendo sincero, los dos sabemos que ahora mismo no tienes nada mejor que hacer que trabajar para mí. En cuanto acabemos de cenar te enseñaré el laboratorio y podrás juzgar por ti misma.
—Y ¿qué pasa si no acepto?
—Es probable que si intentas volver a buscarme alguna vez yo ya no esté aquí. Tu aparición es fundamental para mi historia. Pero claro, es decisión tuya.
Ingrid suspiró y se concentró en su salmón. Era una locura. Pero estaba menos asustada. Él podía ser un desequilibrado, pero no parecía peligroso.
Y tal vez si descubría la verdad de todo aquello podría escribir un reportaje real e interesante que alguien estaría interesado en comprar.
—Espero que el sueldo sea bueno, por los daños causados por el impacto psicológico. – dijo, sarcástica.
—No te quepa ninguna duda. Soy muy generoso con el dinero. Al fin y al cabo, no me cuesta ningún esfuerzo conseguirlo.

3

En contra de lo que había esperado, ya que se había imaginado un sótano lleno de probetas y artilugios siniestros, el laboratorio se encontraba en la planta superior de la mansión. Siguió a Nathaniel a través de un amplio corredor de techos altos hasta una puerta blindada. Él se agachó y un sensor junto a la puerta pareció escanearle la retina. La puerta emitió un chasquido y se abrió ante ellos.

—Que sea viejo no significa que no pueda adoptar los avances tecnológicos ¿no? – dijo, ante la cara de incredulidad de Ingrid.

Era una habitación enorme, y al igual que la biblioteca, estaba copada de inusuales objetos del suelo al techo. Si bien tenía lo que era propiamente una mesa de laboratorio metálica con diferentes probetas y frascos de colores, un hornillo, y una nevera conectada junto a la pared, había de nuevo una asombrosa variedad de cachivaches de diferentes partes mundo, y lo que más le impactó: un peculiar mapa circular con diferentes formas en él, líneas que conectaban entre ellas y palabras y letras en distintos idiomas y grafismos. Bajo él se extendía un enorme escritorio de roble con un montón de papeles desparramados, y una serie de diccionarios apilados en los bordes y por el suelo, levantando una especie de muralla en torno al santuario. Al acercarse distinguió que no todo eran diccionarios, también había diversas gramáticas, códices, alfabetos y todo tipo de documentos que hubieran sido el sueño de cualquier lingüista.

—Me consta que eres bastante culta, ¿qué te parece?

—Que no era lo que esperaba encontrarme en un laboratorio.

—Me lo puedo imaginar. Verás, a ver cómo te lo explico. Mis estudios de alquimia me han llevado a estudiar materias de lo más variado. Al fin y al cabo, todas las cosas del mundo forman un todo, un conjunto, y para entender algunas, es necesario, en muchas ocasiones, profundizar en varios campos. Bien. Como te he dicho antes, yo te conocí en el pasado, en 1880, concretamente, y, sin embargo, tú no me habías conocido hasta hoy. Tú naciste en 1989, así que, según las leyes físicas del espacio y el tiempo, eso no tiene ningún sentido. Y, sin embargo, aunque todavía no me crees, es así. El tiempo, como todo lo demás, es una percepción humana.

Creemos que el mundo tiene dimensiones por las cuales lo definimos. ¿No es así? Pero esas dimensiones no dejan de ser algo a lo que damos forma en nuestro cerebro. Son ideas que necesitamos para entender la realidad. Son estructuras que definen lo que nos rodea. Sin embargo, el cerebro es nuestro gran desconocido. Tenemos herramientas que miden el tiempo, y, sin embargo, nuestra percepción cambia. Lo bueno pasa muy deprisa, lo malo lentamente. ¿Quién habló primero del concepto de tiempo? No lo sabemos. Nuestra estructura mental nos dice que existe el pasado, el presente y el futuro. Pero hay culturas que no entienden el concepto de futuro. Depende realmente del entorno y la situación de cada pueblo.

—Vale, el tiempo es relativo. Esa frase me resulta conocida. Pero tú me hablas de alterarlo ¿no? Si no, no repetirías constantemente la idea de que ya me conoces, y que nos conocimos antes de que yo naciera. ¿Cómo es eso posible? Entiendo que la percepción afecte, pero no me creo que hayas inventado una máquina del tiempo.

—No, no una máquina, pero, así como descubrí cómo modificar la sustancia de las cosas, he descubierto como modificar las partículas temporales.

—¿El tiempo tiene partículas?

—El tiempo como tal, no. Porque no existe, es una invención humana, una de las dimensiones que hemos creado.

—Entonces, la historia ¿no ha ocurrido?

—Sí, pero es algo alterable.

—No entiendo nada. – Ingrid buscó una superficie en la que apoyarse, empezaba a sentirse mareada.

—Lo sé, lo sé. Es muy difícil explicar un siglo de estudios en cinco minutos. Mis avances han sido lentos y graduales. Bueno, a ver, voy a intentarlo de otra forma. ¿Ves ese escritorio y todo lo que hay a su alrededor?

—Sí.

—¿Qué ves? Has dicho que no entendías que pintaba todo eso aquí. ¿Qué es lo que no te encaja?

—Que parece el escritorio de un profesor de lenguas mucho antes que el de un científico.

—¡Exacto! – Nathan palmoteó, excitado. Volvió a recordarle a un niño pequeño.
—Sigo sin verlo.
—A ver, Ingrid ¿cuál es la diferencia entre el ser humano y el resto de los animales? El resto de animales no tiene concepción de tiempo.
—El ser humano es racional.
—Sí, sí, eso es lo que pone en los libros de primaria, muy bien. Pero ¿qué le hace racional? ¿Qué capacidad tiene que no tiene ningún otro animal?
—Podemos hablar. El lenguaje… – se quedó mirando fijamente el mapa de la pared, con todos sus símbolos y sus letras. Nathan asintió.
—Así es. Nuestro cerebro se estructura en palabras. Todos los pensamientos que tenemos son procesados mediante el lenguaje, absolutamente todos. Vivimos en un siglo muy negligente con respecto a las palabras, y sin embargo, son la fuente de comprensión del mundo. Antes me has dicho que si era mago. No lo soy, ¿pero no pintan todas las historias a los magos como conjuradores? ¿No se supone que a través de extrañas palabras son capaces de realizar sus hechizos? Toda leyenda tiene su base de verdad. Ponemos nombres a las cosas que nos rodean por una simple razón. Es necesario que nuestro cerebro las asimile en su estructura, por así decirlo. Cuando aparece algo nuevo, lo incorporamos a nuestro conocimiento.
—Te estás poniendo filosófico. Me recuerdas a mis clases en el instituto. El mundo de las ideas y todo eso.
—No lo menosprecies así. Si la realidad es percibida mediante palabras… ¿No es posible alterarla mediante la modificación de la palabra que empleamos para designar a cada cosa?
—Yo no sé si es posible. Ya había abandonado mi idea de ir a Hogwarts, y ahora vienes tú diciendo que transformar unas cosas en otras es posible. ¿También tienes una varita para canalizar tu energía?
—No me hace falta una varita, el poder está en la mente – respondió Nathan, muy serio, ignorando la ironía en su tono.
—Así que, según tu teoría, ya que el tiempo es una percepción de la mente, también podemos transformarlo.
—Dicho de forma fácil.

—Y por algún motivo yo voy a viajar a 1880 y voy a conocerte allí.
—Bueno, no es que viajes. El viaje entra dentro de nuestra percepción lineal, y el tiempo es más bien cíclico, porque no tiene principio ni fin, así que…
—Bueno, lo que sea. ¿Por qué haría yo eso?
—Porque… trabajas para mí.
—Y ¿por qué no viajas tú mismo?
—A ver, fanática de Harry Potter, ¿qué pasa si una persona se ve a sí misma porque se juntan dos planos temporales?
—Que puede llegar a enloquecer.
—Exacto. Al final esos libros han sido útiles para entender algunas cosas…
—Y ¿por qué yo?
—Te conocí entonces y tenía que encontrarte ahora, para que todo salga como tiene que salir.
—¿Por qué es tan importante? Es decir… ¿Qué va a cambiar que puedas alterar las partículas de los planos temporales del ciclo sin fin? ¿Vas a acabar con el hambre en el mundo? ¿Con las guerras? ¿Vas a crear una religión masiva que desencadene que nos parezcamos más a los bonobos en vez de a los chimpancés a la hora de resolver conflictos? Al fin y al cabo, no te cuesta nada producir oro, podrías haber acabado con la pobreza de la Tierra.
—Bueno, no sé si te has dado cuenta, pero vivo alejado del mundo y en el anonimato por un motivo concreto. Ya jugué a ser el salvador del universo, y acabé llamando la atención de las autoridades pertinentes, que estaban muy interesadas en que fuera su juguete…
—Eres un mártir.
—No, no lo soy – toda la emoción había desaparecido de su rostro – Pero elegir una vida de soledad y aislamiento para buscar respuestas no es fácil. Además, una cosa es lo que descubres, y otra es el uso que haces de ello. Un gran poder conlleva una gran responsabilidad. El poder del conocimiento en concreto. Mira al pobre Albert, y cómo despareció Hiroshima del mapa. Tal vez si hubiera sabido lo que llegaría a hacerse gracias a su descubrimiento, no lo habría hecho público nunca.

—Y ¿qué te da derecho a ser el único conocedor de todo eso?
—Ser el que lo descubre ¿no? Además, no soy el único. Tu papel en esto, señora periodista, es escribir a cerca de todo esto para dejarlo perfectamente documentado en caso de necesidad. Además de visitar a mi yo de 1880 y darle el empujoncito en la dirección adecuada. No irás sola, claro. Felina irá contigo.
—Dos cosas; aún no he dicho que vaya a aceptar, y ¿de verdad es tu hija?
—Bueno, si entiendes como padre al responsable de darle la vida, sí, en su forma actual, yo soy su padre. Hubo una vez en la que era mucho más pequeña, andaba a cuatro patas y yo le llamaba Misifú.
—Vale, así que además eres el álter ego del doctor Frankenstein.
—Bueno, a mí me ha salido mejor la jugada. Sigue siendo arisca y altiva, pero por lo demás es bastante buena compañía. Además, yo no maté a la gata, sólo modifique su ADN un poco para que pareciera humana.

Hicieron una pausa y los dos miraron al suelo. Ingrid aprovechó para estudiarlo disimuladamente. Parecía un hombre bastante normal, sin tics extraños o mirada inquietante. Tenía la piel tersa y ligeramente bronceada, barba de unos días, y la nariz algo respingona. Hasta le habría resultado atractivo en otras circunstancias. Pero, evidentemente, estaba loco.
—¿Quieres una demostración? – intervino, como si le hubiese estado leyendo la mente.
—¿Qué?
—Me has escuchado, pero aún no me crees. ¿Quieres que te demuestre de lo que te hablo?
—De acuerdo. – Ingrid se había estado retorciendo las manos de los nervios, y decidió cruzar los brazos para que no fuera tan evidente que le temblaban. ¿Qué pasaría a continuación? ¿Qué haría el tal Nathan cuando no pasara nada? ¿Pasaría algo en su cabeza y ella tendría que fingir que también lo veía para que la dejara marchar?
—Dame algo. Para que no pienses que es algún truco. Algo tuyo. – Él extendió la mano y la miró fijamente, escudriñando su gesto dubitativo.

Ingrid se quitó una fina pulsera de plata y se la tendió.
—¿Qué quieres que sea? No me digas un caballo, las cosas inertes no pueden cobrar vida, es una de las reglas, pero no hay muchas otras restricciones.
—¿Por qué no una moneda? Para que al menos empiece a cobrar por estas últimas horas. – Intentó sonar segura, y Nathan esbozó una sonrisa confiada.
—Has elegido la opción más fácil, ni siquiera tengo que alterar la materia, sólo la forma y el volumen. – Carraspeó ligeramente y emitió una serie de sonidos fugaces que a ella le resultaron inteligibles.
Ante sus ojos, los eslabones de la cadena empezaron a fundirse y fusionarse rítmicamente, adoptando la masa a continuación una forma circular y plana en la que empezó a dibujarse algo en relieve. Atónita, Ingrid contempló su propio perfil. Sintió que le temblaban las piernas, y antes de que se diese cuenta, la habitación empezó a verse borrosa y Nathan la ayudaba a tenerse en pie.
—Demasiadas emociones para un solo día, creo que es hora de que te vayas a la cama.

Ni siquiera fue consciente del camino hasta la habitación, con la mano de él en torno a su cintura sujetándola con firmeza. Sólo sintió el mullido colchón sobre el que se desplomó y la suavidad de las sábanas.

***

Abrió los ojos lentamente, pensando en el extraño sueño que había tenido, hasta que se percató que ni estaba en su habitación ni en la de la casa de sus abuelos. Lentamente, la realidad fue penetrando en su cerebro como un objeto punzante y doloroso. Nada de aquello tenía ningún sentido lógico, y sin embargo, su pulsera ya no estaba colgaba de su muñeca, y a cambio la pequeña moneda de plata yacía sobre la superficie de la mesilla que había al lado del cabecero de la cama.

Se incorporó lentamente. Le dolía la cabeza. No recordaba lo que había soñado, pero estaba convencida de haber tenido una pesadilla, una en la que había peleado tratando de escapar de algo. Se desperezó lentamente y flexionó el cuello. La tensión vivida le iba a salir cara en el masajista.

Llevaba a misma ropa que el día anterior, y no veía ninguna de sus otras pertenencias, a parte de su móvil, que hacía compañía a la moneda. Lo cogió y vio que aún eran las ocho de la mañana. Tenía varias perdidas de Alfie. Le escribió para tranquilizarle y decirle que llegaría a comer. Se metió el móvil en el bolsillo de la chaqueta y se aventuró a salir al pasillo. Necesitaba encontrar un baño con urgencia. Abrió la puerta contigua; la habitación estaba totalmente a oscuras, y las sombras de los muebles indicaban que era otro dormitorio. Le pareció ver el brillo amarillento de los ojos de Felina desde lo alto de una de las siluetas del mobiliario. Tuvo más suerte con la siguiente puerta. Se detuvo a mirarse en el espejo un momento antes de lavarse la cara. Estaba pálida y ojerosa, además de tener el pelo hecho un desastre. Parecía enferma. Se lavó la cara con firmeza, intentando que aquella sensación de debilidad desapareciese de su rostro.

Cuando salió del baño, Felina estaba esperándola apoyada contra la pared del pasillo.

—¿Tienes hambre? Desayunamos en la cocina.

Nathaniel trajinaba junto a los fogones. Ingrid nunca hubiera imaginado que era él el encargado de la comida, aunque era innegable que el olor era delicioso. Parecía estar haciendo tortitas y huevos a la canasta simultáneamente. Se preguntó cuánto tiempo llevaría despierto, si es que él necesitaba dormir.

—Buenos días – canturreó alegremente — ¿Has dormido bien?

—He pasado noches mejores.

—Es lo normal, hasta que te haces a la idea de todo. Con la de años que me ha costado a mí entenderlo todo, no quiero pensar cómo le ha sentado a tu cerebro el aluvión de información. ¿Sirope de chocolate o fresa?

—Chocolate – musitó Ingrid.

—Excelente. El café está en la mesa, puedes servírtelo tú misma.

—Hay hoteles con un buffet muy inferior.

—Me gusta que mi gente se sienta a gusto. ¿Verdad Felina? – La chica asintió, e Ingrid estuvo segura de que la oía ronronear mientras sonreía

– Cuando uno se ve obligado a permanecer en soledad, valora mucho más la compañía.
—¿Ya soy parte de tu gente?
—Ah, claro, tu contrato está encima de la mesa, también. Espero que el sueldo te parezca justo.
Hay varias cláusulas a cerca de la seguridad y todo eso. Y por supuesto todo el proyecto es confidencial, supongo que no tendrás problema en guardar todo lo que hacemos en privado. De todas formas, aunque lo contases, ya sabes lo difícil que resulta de creer. No queremos que te tomen por loca.
—Creo que ya es tarde – Ingrid tomó en sus manos el contrato. Su contratante era una Sociedad Anónima llamada N.H y asociados. Empezó a leer y se quedó de piedra al ver su sueldo. No había soñado con cobrar una cifra parecida en toda su vida. Tenía el seguro incluido, y era de duración indefinida.
—Puedes traerlo… veamos, hoy es martes, ¿qué tal el jueves? Como te dije, con tres mañanas a la semana será suficiente por el momento. Mañana tómatelo de descanso. Puedes quedarte en la mansión cuando te apetezca, por supuesto, pero imagino que preferirás ir a tu casa, y lo cierto es que es menos sospechoso.

Cuando Ingrid se montó en el coche, tratando de mantener frescas las indicaciones para llegar a la carretera principal, sentía que la cabeza le daba vueltas. El contrato estaba en el asiento del copiloto, y parecía zumbar furioso a su lado. Consiguió no perderse y llegar a la carretera principal. Al final resultó que estaba a menos de una hora del pueblo. Pensó en parar a ver a los abuelos, que llevaban unos días sin verla, pero prefirió ir directamente a su casa y darse una ducha. Había vuelto a nevar durante la noche y maldijo silenciosamente por no llevar las cadenas puestas.

Nada más traspasar el umbral, se desprendió de la ropa como si tuviese algo contagioso, y se metió a la ducha, dejando que el agua hirviendo le quemara la piel antes de regularla. El agua pareció llevarse aquella extraña resaca emocional que sentía. Salió envuelta en vaho y oyó que alguien llamaba a la puerta al tiempo que se envolvía en el albornoz.

Alfie estaba en el porche, con cara de ansiedad. Ingrid le dejó pasar y él la envolvió en su abrazo de oso antes de empezar a sermonearla.
—¿Tú te crees que es normal insinuarme que te ha secuestrado un loco y no dar señales de vida hasta el día siguiente, habiendo prometido mantenerme informado? Estuve a punto de llamar hasta a los marines.
—Lo siento, Alfie, de verdad. Es que fue todo muy intenso, mucha información de golpe y luego me dio un mareo, así que tuve que quedarme a pasar la noche porque era incapaz de ir a ningún sitio. – No era del todo mentira.
—¿Un mareo? ¿Pero qué te ha contado ese tío? ¿Vas a trabajar para él?
—Sí, eso creo…— aún no había pronunciado las palabras en voz alta – me ha dado hasta el jueves para pensarlo y firmar el contrato.
—Ingrid, te ha secuestrado.
—Bueno, no exactamente, estoy aquí. – Desvió la mirada, y se concentró en una de las marcas del parquet, que tenía un inquietante parecido con la silueta de un gato. Se sentía extremadamente incómoda, allí plantada, mintiéndole a su mejor amigo a la cara.
—¿Y qué tienes que hacer tú con un científico? No te ofendas, pero química precisamente fue siempre tu punto flojo.
—No tengo que hacer nada científico. Es casi más como escribir sobre su vida y sus logros. Y está muy bien remunerado.
—Te lo estás planteando en serio. – No era una pregunta.
—Sí. – Suspiró, asumiendo la certeza de sus palabras.
—Me da mala espina, ¿cómo se llama? Estoy seguro de que puedo investigar sobre él, puede que le conozca, o algún compañero del departamento de la universidad.
—No, Alfie, en serio. Es confidencial. Entiendo que te preocupe, pero de verdad, si quisiera hacerme algo ya lo habría hecho. Me desmayé en su casa. Más a su merced no podría haber estado. No es ningún depravado. Excéntrico, sí. Pero no un psicópata, al fin y al cabo.
—¿Y a qué se dedica?

—Algo de modificación de partículas – respondió vagamente, dándose cuenta de que aún estaba en albornoz – mira, deja que me cambie, y vamos a comer. Estoy bien, de verdad, sólo cansada y hambrienta.
Alfie emitió una especie de gruñido que Ingrid quiso interpretar como que estaba molesto, pero conforme.

***

Los abuelos, ignorantes acerca del hecho de que su nieta había estado desaparecida una noche, se mostraron encantados con las buenas noticias respecto a su nuevo empleo, especialmente sabiendo que aún podría ayudarles algunos ratos con la librería.

El jueves, Ingrid volvió a subirse al coche, rogando poder recordar cómo había llegado hasta la mansión de Nathaniel, y con el contrato, ya firmado, de nuevo reposando en el asiento del copiloto. Durante las últimas cuarenta y ocho horas había cambiado de opinión casi con la misma frecuencia que el paso de los minutos. Por una parte, todo aquello le parecía increíble y completamente sacado de la mente de algún demente. Sin embargo, algo se había despertado en su interior, algo que llevaba años dormitando en sus entrañas. La impulsividad, las ganas de asumir riesgos, la necesidad de aventura. Tomando aquella disparatada decisión se sentía más viva y real de lo que se había sentido en mucho tiempo.

Felina rondaba por el jardín cuando su coche cruzó la verja de entrada, y movió ligeramente la cabeza en señal de saludo. Nathaniel fue mucho más efusivo desde lo alto de las escaleras de la entrada. A pesar de ser tan mayor, parecía que para algunas cosas se había quedado en la infancia. Era increíble su manera de mostrar excitación y alegría ante las cosas. A la luz del día, sin luces tenues, Ingrid se dio cuenta de que en contra de lo que había pensado, tenía los ojos claros, chisporroteantes de vida. ¿Podría también cambiar de aspecto, tal y como había hecho con Felina?
—Bienvenida, querida. ¿Veo un contrato firmado en tu mano? – preguntó, observando los papeles y ensanchando aún más su sonrisa.

— Así tenía que ser, por supuesto. ¿Preparada para empezar a trabajar?
—No estoy segura de estar preparada. – Ingrid se apartó un mechón rebelde que había escapado de la coleta, y le caía sobre un ojo, y miró con cierta aprensión hacia arriba, siguiendo con la vista el sendero de ladrillos que llegaban hasta lo que intuía que eran las ventanas del estudio. — Pero probablemente no lo esté nunca, así que hoy es un día tan bueno como cualquier otro.
—¡Esa es la actitud! He pensado que podíamos empezar en la biblioteca. Para que conozcas mejor mi vida y vayas tomando apuntes. Tienes mucho que estudiar antes de que te mande a 1880. Tranquila, aún falta, ahora sería un shock demasiado grande. Además, hay que formarte sobre la forma de hablar, de vestir, los modales de la época; para que encajes bien, o te acabarán quemando por bruja.
—¿A eso se refiere la cláusula acerca de accidentes no deseados y la responsabilidad que tienes sobre ello? – Hubiera estado más asustada si no le resultara tan irreal.
—Entre otras cosas.
—Qué bien. En 1880 ya no quemaban a la gente ¿no?
—Ah bueno, no, sólo era una hipótesis, pero no subestimes la capacidad del ser humano de crear formas de tortura. Tenemos una habilidad sin límites. – Sonrió con tristeza, e hizo un gesto invitador con la mano. — ¿Entramos?

Se instalaron en los sofás de cuero desgastado. Ingrid sacó cuaderno y bolígrafo. Al menos aquella parte sabía cómo hacerla. Se aclaró la garganta, y miró momentáneamente a Nathan, que la observaba entre curioso y expectante.
—¿Cuándo y dónde naciste?
—En la primavera de 1860, un 20 de abril. En el estado de Nueva York, pero no en la ciudad, allí no me mudé hasta que fui joven.
—¿Cómo describirías tu infancia?
—Bueno, feliz. Mi padre era médico rural, mi madre murió al dar a luz y yo era hijo único, así que mi padre me llevaba con él cuando trabajaba, hasta que empecé la escuela. Ver a los pacientes y todas las enfermedades empezó a generarme muchas preguntas acerca de la

vida, sumado al hecho de que no conocí a mi madre y eso me atormentaba, pensando que había muerto por mi culpa.

—¿Has pensado mucho sobre ello?

—Bueno, querida, he tenido 155 años para meditar.

—¿Algún hecho remarcable en tu infancia?

—Disfrutaba mucho de la escuela y la lectura, algo no muy habitual, ni en aquel momento ni en éste, me temo. El maestro estaba entusiasmado conmigo y me proporcionaba más libros, y así fui cultivando mi intelecto hasta tal punto que convencí a mi padre de ahorrar para poder ir a la universidad. Entonces no había tantas donde elegir, y quise ir a la de Pensilvania. No quedaba muy lejos de mi casa, y mis notas me permitían pedir una beca. De todas formas, empecé a ayudar a mi padre con el trabajo. Me daba un pequeño sueldo como ayudante, para mis cosas.

—¿Cuándo fuiste a la universidad?

—En el año 1877. Tres años antes de conocerte. Mi principal interés eran las ciencias, aunque no estaban ni la mitad de desarrolladas que ahora, y si te contara cómo eran las clases... No hacía tanto que habíamos obtenido autorización para hacer autopsias, y se desconocía la existencia de tanto…

—¿Qué fue lo mejor de tu periodo universitario?

—La libertad, la independencia, el que todo se vaya un poco de mano… Hay cosas que no cambian – le hizo un guiño. Ella arqueó una ceja, y él volvió a ponerse serio.

—Pero ¿cuándo empezaste a interesarte por la alquimia?

—No los primeros años, desde luego. Tú fuiste el desencadenante por la persona a la que conocí gracias a ti, y tú me ayudaste con el primer tratado, un borrador. Tuvieron que pasar varios años, más de 10, para que mi práctica tuviera algún sentido real.

—Es decir que me vas a enviar a tu loca juventud y tengo que convencerte de que entres en razón.

—Ya hablaremos de la misión con más calma, querida, tenemos tiempo para eso. No creo que te mande hasta dentro de dos semanas como mínimo.

—No sigas retrasándolo o no estaré para Navidad y mi abuela se plantará aquí e irá a buscarme a la época pertinente, y no le importará mucho cuándo sea eso.
—El tiempo aquí no pasará, será como si no hubieras ido a ninguna parte. Al fin y al cabo, es otro plano temporal, no afecta a este.
—Sigo sin entenderlo del todo.
—De momento sigue con la entrevista. – Nathan tamborileó el reposabrazos con los dedos, impaciente.
—¿Te gustaba la universidad?
—Me encantaba. Pero sobre todo disfrutaba del ambiente universitario. Rodeado de jóvenes con mis intereses y mis capacidades, por primera vez en mi vida. Tenía amigos, algo que no me había sucedido hasta el momento. Algunos de ellos me incitaron bastante a vivir la noche, pero nunca dejé de lado mis estudios, me interesaban demasiado... Sólo dormir parecía más prescindible.
—¿Qué dirías que era lo mejor de la noche? – Preguntó Ingrid, divertida.
—Los bares, el alcohol, la música, las gamberradas que hacíamos... y sobre todo las mujeres. Tengo un recuerdo especial de las mujeres de Filadelfia.
—Estupendo. Voy a conocer a un borracho mujeriego e imberbe.
—Es una descripción razonablemente adecuada.

4

Los días pasaron e Ingrid iba sumergiéndose cada vez más en el misterioso mundo del alquimista. Seguía encontrándolo en su mayor parte desconcertante, pero sin duda no era la primera vez que Nathaniel actuaba de maestro, y aunque en ningún momento llegó a desvelarle los secretos del lenguaje para modificar el estado de las cosas, le hizo bastantes demostraciones para que comprendiera el
Ingrid suponía que había empezado a modificar sus propias células para no envejecer a los treinta y algo, más o menos al mismo tiempo que debía de haber transformado a Felina en aquel ser humanoide altivo. Cuando la contemplaba moviéndose a sus anchas por la casa, le sorprendía ver la cantidad de cualidades gatunas que habían quedado en ella. No sólo lo llamativo de su físico, sino la manera sigilosa y elegante de moverse, su forma de estar al acecho cuando quería interceptarla para decirle algo, y cómo buscaba los lugares soleados y calentitos para enroscarse.

A veces, cuando Nathaniel se encerraba a trabajar en el laboratorio, se quedaban las dos a solas. Ingrid seguía sintiéndose en parte fascinada y en parte aterrorizada ante el híbrido que era la chica gata, por lo que intentaba evitar aquellas situaciones a toda costa.
No alcanzaba a imaginar qué se le podía pasar por la cabeza, aunque la otra parecía poder adivinar todos sus pensamientos, o tal vez fuera, simplemente, que su instinto animal le llevara a tener mucho más desarrollada la capacidad de lectura corporal y gestual.
—¿Nunca te has enfadado con él? – le preguntó una tarde que ambas estaban en la biblioteca.
—¿Nunca te has enfadado con tu padre? — respondió ella, lacónica.
—Sí, pero porque no me dejaba salir, o cosas por el estilo.
—Es lo mismo para mí. A veces se va y me deja sola. Eso me hace enfadar. – Desvió la mirada y la posó en un pájaro posado en el alfeizar de la ventana. Era la actitud que solía adoptar cuando Ingrid le hablaba. Miraba hacia otro lado como si su presencia le aburriera soberanamente, e incluso le molestara.
—Me refiero a lo de convertirte en semi—humana.
—¿Crees que debería enfadarme?

—No lo sé – Ingrid suspiró. Mantener una conversación con Felina era muy complicado, tenía la costumbre de hacer las mismas preguntas que su interlocutor acababa de formularle a ella, o dar la vuelta a las cosas y entrar en una espiral sin sentido. No sabía si lo hacía a propósito con intención de exasperar, o es que una parte gatuna de su cerebro era incapaz de tener una conversación humana. – Me refiero ¿no fue confuso al principio? ¿Recuerdas algo de cuando eras una gata?

—Sí y no. – Ya estaba otra vez.

—¿En qué sentido?

—Como gata recuerdo olores, esas cosas. Y al principio fue raro, ver en color, entender la lengua de los humanos. Me costó hablar. ¿Debería enfadarme por eso?

—Supongo que no.

—Entonces ¿cuál es tu pregunta?

—Bueno, eres la única que existe… me refiero a que no hay nadie como tú.

—No.

—¿No te sientes sola, o confusa?

—No estoy sola, tengo a padre, él me tiene a mí, y ha sido así durante muchos años. No nos hacemos viejos. No tenemos enfermedades. Será así siempre. – Aquellas últimas palabras las pronunció desafiantes.

—Pero nunca tendrás un compañero, sólo a Nathaniel.

—Así es. ¿Tú tienes un compañero? – Volvió a mirarla, con la cabeza ligeramente ladeada y las pupilas algo dilatadas por la curiosidad.

—No.

—Y ¿estás enfadada por eso?

—No.

—Entonces no entiendo tu pregunta.

—Visto así, puede que no tenga mucho sentido. – Se apresuró a volver a meter la nariz en el libro que estaba leyendo, queriendo dar por finalizada la conversación. Pero las cosas no funcionaban así con Felina.

—Los humanos sois complicados. Sois muy inteligentes para cosas como la ciencia y esos experimentos, pero luego os hacéis preguntas

estúpidas que no tienen respuesta. Padre me creó para no sentirse solo y poder hablar con alguien. Y aun así sigue sintiéndose solo. Será que mi conversación no es interesante.
—Tu conversación es complicada – Ingrid sonrió, divertida.
—Eso, o sois estúpidos para las cosas de estar vivos. Tú me preguntas si estoy enfadada, y yo no entiendo por qué. El sentido de mi vida es acompañar a padre. Tengo comida. Tengo techo. Tengo su cariño. Tengo lo mejor de los gatos y lo mejor de los humanos. Y tú te preocupas por mi compañero. Bueno. Los gatos no tienen un compañero. Cuando necesitan aparearse lo hacen, con el único fin de reproducirse. ¿Crees que con mis células yo podría reproducirme? No. Supongo que no soy lo suficientemente humana para que eso me inquiete. Es así, simple y llanamente. Podría pedirle a padre que escogiera otro gato y me hiciese un compañero, pero entonces tendría que compartir su atención, y no quiero. Padre es mío, tu presencia ya es lo suficientemente molesta como para añadir aún a otro ser más. – Sentenció.
—Vaya, gracias.
—Te aguanto porque eres necesaria. En realidad, si no fuera por ti tampoco existiría, así que si no te hubiese encontrado, habría desaparecido.
—Una curiosa maniobra del destino.
—Del destino no. Una maniobra mía. Yo te he encontrado.
—Sí, sí, no hablaba de eso. – Felina la miró con desdén – Y tenemos que viajar juntas al pasado. Genial. Va a ser un viaje de lo más divertido.
—No creo que sea divertido.
—No, es cierto. Nada de ironía, nada de metáforas… — la joven se dejó caer sobre el libro, peguntándose si el sueldo realmente valía tanto la pena.

***

Ingrid se movía inquieta por la salita de su casa. Sabía que se aproximaba el momento de su extraño viaje, o traslado, como Nathaniel solía llamarlo, en el tiempo. Había visto cómo hacía cosas imposibles; transformar diversos objetos, hacer florecer una planta a toda velocidad. Pero, aunque veía su aspecto y el de Felina, no estaba segura de querer dejar sus células a disposición del alquimista. Podía ser peligroso. Se le ocurrían mil cosas que podían salir mal. Hasta entonces había pensado que no tenía nada que perder participando en aquella locura, pero ya no lo tenía tan claro. Si le pasaba algo no podría perdonarse el daño que les causaría a su familia y a sus amigos. Los días que trabajaba en la librería, estaba desconcentrada, y los abuelos se habían dado cuenta de que había algo causándole desasosiego. Hacía días que había terminado el catálogo y se encontraba ultimando los detalles de la web. Estaba bastante orgullosa del diseño. Él abuelo aún más. Tenía un montón de actividades pensadas para atraer clientes, desde grupos de lectura, a cuentacuentos para niños. Ingrid le escuchaba a medias, sin poder apartar sus pensamientos de lo que le esperaba en el futuro cercano.
—Cariño ¿me estás escuchando?
—¿Qué? Sí, abuelo, puedo incluir un programa de actividades…
—Hace varios minutos que te hablo de otra cosa – sintió un deje de culpabilidad. Debería de estar disfrutando de aquellos momentos en vez de preocuparse por otra cosa.
—Lo siento, tengo muchas cosas en la cabeza.
—¿Estás segura de que estás contenta con tu otro trabajo? Cariño, la abuela y yo hemos estado hablando de ello, y parece que te va a dar un ataque de ansiedad de un momento a otro. Nunca te habíamos visto tan nerviosa.
—Es más difícil de lo que esperaba, pero estoy bien, de verdad.
—¿Cuándo vas a terminar ese reportaje?
—No lo sé, aunque no creo que tarde mucho, ya estamos llegando a lo importante.

Y era cierto. Sabía toda la vida y milagros, literalmente de Nathaniel. Sabía que aprovechando el no envejecer había asistido a

varias prestigiosas universidades, continuando siempre con su formación científica, paralela a sus estudios de alquimia.
Sabía que había viajado por todo el mundo, conociendo a diferentes alquimistas e intercambiando información, aunque sin desvelar los secretos de su tratado de alquimia, pues había visto que el resto de personas que había encontrado en sus viajes no habían desarrollado su capacidad ni a la mitad de lo que él había logrado. Tan sólo su maestro y él conocían los principios del lenguaje transformador. Era algo que sólo mencionaba por encima a Ingrid, nunca daba detalles. Y aunque ella había sido partícipe de numerosas manipulaciones de la materia, seguía sin entender absolutamente nada de lo que pronunciaba. También había claroscuros en su historia, cosas que había mencionado como si no tuvieran importancia, y de las que se había negado a hablar, elegantemente y sin una mala contestación, saliéndose por la tangente en cuanto ella había querido saber más. La joven sospechaba que había habido algún incidente, puesto que, si ella hubiese tratado de acabar con el hambre en algún rincón del mundo, desde luego sería algo de lo que se sentiría orgullosa y de lo que no le importaría hablar. Pero él insistía que aquello no era relevante, puesto que había sucedido años después de su encuentro y saberlo no le ayudaría a convencer al joven Nathan de que empezara a estudiar Alquimia.

Sospechaba que ahora que tenía una biografía detallada de Nathaniel Hawk, sólo quedaba conocer el relevante papel que ella iba a jugar, o había jugado, en toda aquella historia. Él había querido dejar documentada su vida por algún motivo que ella no alcanzaba a comprender, pero empezaba a sospechar que el alquimista esperaba que le pasase algo.

Parecía tener momentos de abstracción absoluta en los que se volvía hermético y meditabundo, muy distinto a la versión de dicharachero interlocutor que solía representar. Porque Ingrid ya no estaba segura de cuál era el real. Cuanto más tiempo pasaba con él, más se daba cuenta de que tenía un lado más oscuro e impenetrable. Cada vez era más consciente de que las cosas que le había ocultado intencionadamente se dejaban entrever sólo en algún arranque de cinismo y amargura. Había pasado algo. En algún momento de su vida había perdido parte del entusiasmo que tenía por la vida y la evolución. Lo que había mencionado la primera noche acerca de la responsabilidad que tenía por haber dado con aquel poder y la carga que llevaba sobre los hombros se deslizaba a través del velo invisible de silencio que lo envolvía y se hacía reconocible en sus momentos de descuido.

Ahora que creía a pies juntillas todo de lo que era capaz, y no le tomaba por loco, cuantos más secretos descubría sobre su persona, más fascinada se sentía.

Estaba absorta en aquellos pensamientos cuando Alfie llamó a la puerta. Apenas se habían visto en los últimos días, ya que él había estado acompañando a su madre al hospital para recibir nuevas sesiones de quimioterapia.

—¿Es que si no te llevo a comer a algún sitio no te alimentas? – preguntó, a modo de saludo.

—Empiezas a hablar como mi abuela. – Refunfuñó Ingrid. Cada vez que la tenía delante, la abuela la inspeccionaba sin ningún tipo de disimulo, con cara de evidente desaprobación. Un día, los abuelos habían aparecido en su porche argumentando que estaban dando un paseo, y entraron a tomar un té. Betty se había ausentado un momento para ir al baño, pero Ingrid la había sorprendido fisgando en su nevera.

—Oh, perdona. Qué aspecto de demacración tan saludable presentas.

Ella le atizó con un guante en la cara antes de cerrar la puerta tras ella y subirse al coche.

—¿Seguro que quieres conducir tú? Bromas aparte, no tienes buen aspecto, Ingrid.

—Estoy bien. Puedo conducir perfectamente, al igual que puedo comer solita sin que nadie me haga el avioncito con la cuchara. No tengo tres años, por dios, dejad de tratarme todos como si fuera una niña indefensa.

—Mujer, tranquila. Sólo me preocupaba por ti.

Hicieron el camino hasta el pueblo en silencio, Ingrid sintiéndose idiota por su ataque de mal genio. Tal vez era cierto que la ansiedad le estaba pasando factura. Las bromas irónicas eran algo normal en Alfie, igual que en ella. Era su forma de comunicación común. Él no la

miraba, parecía muy concentrado en el paisaje. Aparcaron frente a la cafetería y salieron dando sendos portazos. La tensión se palpaba en el ambiente.
—¿Qué tal está tu madre? – inquirió ella, cuando se sentaron en la mesa, en un intento un poco pobre de romper el hielo.
—Bueno, ha ido bien, pero ya sabes cómo la deja el tratamiento. Débil, vómitos… en fin. Con suerte no habrá muchas más sesiones. Deberíamos pasar unas Navidades tranquilas.
—¿Vendrá Annie con su marido y Ben?
—Sí. Pueden cogerse vacaciones en el trabajo, así que vendrán dos semanas.
Se quedaron en silencio una vez más. Ingrid podía percibir el gesto rumiador de su amigo. Estaba buscando las palabras para decirle algo.
—Ingrid, sólo te lo voy a decir una vez. Entiendo lo de la confidencialidad de tu trabajo, pero el tipo ese para el que trabajas, haga lo que haga, no me inspira ninguna confianza. Y no sé qué es lo que te está haciendo, pero te está consumiendo. Estás más delgada, más pálida, parece que no has tenido una noche de sueño profundo en siglos, y sobre todo, pareces estar al borde de la histeria. No sé qué es lo que estás viendo en ese sitio, ni te lo voy a preguntar. Pero espero que estés segura de que un reportaje vale tu integridad física, por no decir la mental.
—Estoy a punto de terminar, Alfie.
—Me alegro. Y espero que después de esta colaboración, no vuelvas a verle nunca.
—Y ¿a ti que te importa si le vuelvo a ver o no? – hizo la pregunta sin pensarla, simplemente le vino, y vio el gesto dolido en la cara de Alfie antes de que éste pudiera disimularlo.
—¿No debería importarme que ese chalado te esté volviendo loca a ti también?
—No está chalado. Es un genio.
—Ingrid, yo también soy científico, y a diario me codeo con genios, y hasta ahora nunca había oído de ninguno que secuestrase a sus trabajadores. O debería decir a su única futura trabajadora, que por

añadidura es joven y atractiva, y que la obligue a pasar la noche en su casa.

—Alfie, no es así, no me ha puesto una mano encima, te lo prometo.

—Y te creo, si lo hubiera hecho, probablemente no tendría ya esa mano. ¿No? Pero fuiste tú la que me llamaste casi llorando porque no sabías dónde estabas y te estaba reteniendo en contra de tu voluntad.

—No es el mejor gestor de recursos humanos que he conocido, de acuerdo, pero no hace nada malo.

—Espero que estés segura de eso.

***

Nathaniel le había entregado un fajo de papeles con información referente a 1880 que tenía que memorizar antes de su traslado. Al parecer era vital que supiera que el presidente había sido el republicano Rutherford B. Hayes, o que estuviera al tanto de la moda del momento y cómo era oportuno vestir, entre otro centenar de datos. Felina o ya los sabía, o no pretendía memorizarlos, y su padre no parecía tener intención de presionarla al respecto. Ingrid estaba segura de que no conseguiría recordarlo todo, pero confiaba en que su conocimiento general de historia fuera suficiente como para salvar cualquier obstáculo.

Llegó el día.

Se hallaban en el laboratorio, Felina con una especie de deje de excitación que la hacía aún más incómoda, pues no paraba de moverse, e Ingrid con las tripas tan revueltas que sentía que podía vomitar en cualquier momento. El rostro de Nathaniel se mostraba impenetrable.

—¿Tenéis claros todos los pasos a seguir?

—Sí, padre.

—A mí no me importaría repasarlos una vez más. – Ingrid se removió incómoda en sus nuevas ropas de época. Nunca había pensado que los corsés fueran tan sumamente incómodos. Sabía que casi no permitían respirar, pero la forma en la que las varillas se clavaban en su carne lo convertía en una de las torturas más lentas y despiadadas en las que era capaz de pensar. Y tan sólo llevaba media hora con él puesto.

Aquella mañana el alquimista le había entregado una pequeña maleta y le había guiado hasta la habitación en la que había pasado la primera noche. Dentro de la maleta había un par de juegos de ropa interior Victoriana, y sobre la cama, un traje granate. No supo cuánto tiempo le llevó vestirse. En primer lugar, porque renunció a la idea de deshacerse de su propia ropa interior. La del siglo XIX parecía en extremo incómoda para ser lo único que llevar sobre la piel. Luego tuvo que averiguar el orden de las cosas.

Medias, enaguas, camisola, y la peor parte, el corsé, para el que necesitó ayuda, y en vez de Nathaniel, fue Felina quién acudió a su rescate. Estaba segura de que la chica gata había disfrutado dejándole sin respiración, no creía que fuese necesario apretar tanto como lo había hecho. Una vez embutida en todas aquellas capas descubrió que su movilidad se había reducido a la mitad, y le hizo preguntarse cómo narices iba a atarse aquellas complicadas botas de cordones hasta media espinilla, ya que el agacharse parecía un ejercicio imposible. Empezó por la falda, más pesada y tupida de lo que había esperado. Por fuera tenía una estructura aterciopelada. La chaqueta era ciertamente bonita. Totalmente ajustada al cuerpo, con doble hilera de botones de un color más oscuro, y cuello alto. Le dirigió una mirada suplicante a Felina para que la ayudase con las botas. Ésta soltó un bufido, pero se agachó para atárselas.

—Tienes que hacer algo con ese pelo.

—¿Con el mío? – miró incrédula a la chica gata. — Y ¿qué vamos a hacer con tu pelo atigrado?

—Ponerme un sombrero. Pero yo voy a ser tu hermana pequeña, nadie se va a fijar en mí. Tú vas a ser una joven de clase media alta. Y nueva en la sociedad. Todos van a mirarte.

—Genial. – Pensó en las novelas de Jane Austen, aunque se situaban años antes del momento al que se iban a trasladar. Cuando las leía siempre había pensado que no hubiera sido capaz de vivir en aquella época. Ahora iba a tener que hacerlo.

—Hazte un recogido. ¿Sabes cómo hacerlo?

Ahora las dos se situaban frente al alquimista, totalmente preparadas. Felina, por algún motivo, no había necesitado ninguna ayuda para lucir impecable con su atuendo de época, sombrero incluido. Lo cierto es que parecía una jovencita en una temprana adolescencia, ya que el ala del sombrero le hacía sombra ocultando sus ojos amarillos, y no eran tan llamativos. Podía mantener ocultos los colmillos siempre que no sonriera, algo que tampoco era tan habitual, así que no sería tan difícil esconder sus extraños atributos a no ser que alguien se tomase un especial interés por ella.

—Bien. Vais a aparecer en éste mismo lugar, pero en 1880.

—¿Por qué no puedes mandarnos directamente a Filadelfia? – Ingrid oyó el tono suplicante de sus palabras como si las hubiese pronunciado otra persona.

—Puedo alterar partículas temporales, pero no las espaciales al mismo tiempo. Podría intentarlo, pero son demasiadas cosas que controlar a la vez y podría fallar algo. Y no queremos eso. Así que tendréis que ingeniároslas para llegar a Filadelfia por vuestros propios medios. Confío en vosotras. Yo voy a trasladarme a la Filadelfia en el presente para abrir el portal de vuelta allí. Así podréis usar cualquiera de los dos. Si algo saliese mal y estuvieseis cerca de Inverness, podéis usar éste, si estáis en Filadelfia, usáis el de allí. Felina sabe dónde está.

—Me gustaría ser conocedora de su posición – volvió a insistir Ingrid.

—Ya te lo he dicho. Nunca has estado en Filadelfia, mientras que Felina sabe el punto exacto porque ha estado allí. ¿No te fías de ella?

—Lo justo — la chica le dirigió una de sus siniestras sonrisas y sintió un escalofrío.

—Bueno, recuerda que una vez que me encuentres tienes que acercarte a mí lo suficiente para convencerme de que vaya contigo a conocer a Abraham Levi. Él es el maestro, y a la persona a la que necesito encontrar.

—Lo sé, lo sé. ¿Y cómo voy a saber yo quién es Abraham Levi?

—Eso se me escapa. Así que debes encontrarle también a él.

—¿Cuánto tiempo vamos a estar allí?

—No lo sé, el tiempo es relativo – respondió él con una sonrisa burlona.

Salieron al bosque que rodeaba la casa. Ésta estaría habitada en el momento de su traslado, y no querían que las acusaran de intrusas.

Eligieron un viejo roble de tronco ancho con una muesca en el tronco, que lo hacía fácilmente reconocible.

Nathaniel suspiró profundamente y empezó a entonar un extraño cántico con voz ronca y los ojos cerrados. Era algo mucho más complejo y duradero de lo que Ingrid había oído hasta el momento. Parecía haber entrado en trance. Felina, a su lado, parecía petrificada, como si mover un solo músculo facial pudiera desconcentrar a su padre. Ingrid sentía las manos heladas dentro de los guantes de cuero. Cuando al fin acabó, sonrió con aspecto cansado y se volvió hacia ellas.

—¿Estáis listas?

—¿Ha funcionado? – Ingrid no notaba ningún cambio en el roble o sus alrededores.

—Compruébalo – le incitó él. Antes de que pudiera responderle le abrazó fuertemente y le susurró al oído – nos vemos en Filadelfia.

Ingrid se liberó de su abrazó y miró hacia el roble. Seguía sin tener apariencia de portal, o de algo que no fuese un árbol normal. Se acercó a él para tocar la corteza rugosa… y tropezó.

Cayó de rodillas en la nieve. La fría humedad le caló hasta la médula.

—Nathaniel ¿es una broma? – preguntó, furiosa. Pero como toda respuesta oyó el eco de su propia voz retumbando en el bosque.

No había nadie junto a ella. El roble era mucho más endeble y delgado. Estaba en diciembre de 1880. Empezó a incorporarse, cuando oyó la voz de Felina.

—¿No podías caer de pie? Ahora estás mojada y seguro que enfermas. – Ella, por supuesto, había aterrizado en el pasado grácilmente.

—Nadie me había dicho que perdías el equilibrio.

—No lo pierdes, tú eres torpe. Yo no me he caído. – Ronroneó, encantada.

—Porque los gatos siempre caen de pie. – Masculló.

—Puede ser – Felina parecía divertida – Bueno, pues aquí estamos.

Ingrid sacó una navaja del bolsillo de la falda. Si pensaban que iba a ir sin protección a un siglo en el que las mujeres eran tratadas como objetos decorativos, lo llevaban claro. Se acercó al roble, y con

mucho cuidado de no posar las manos sobre el tronco, empezó a tallar la muesca en forma de X por la que se habían guiado al ir.
—Ya empiezas a alterar cosas.
—En realidad no. Hago lo que tengo que hacer. Si no tallo una muesca, no consideraríamos este árbol en el futuro como portal evidente, y podríamos elegir otro portal, así que no podríamos volver, porque no sabríamos dónde está. Sólo me aseguro de dejar las puertas abiertas.

Felina no respondió, así que Ingrid asumió que por una vez le daba la razón silenciosamente. Comenzaron a caminar hacia la casa. El jardín, a pesar de estar cubierto de nieve, estaba, evidentemente, mucho mejor cuidado. Avanzaron por el sendero de piedrecillas hasta las escaleras de la entrada principal.
—¿Qué vas a decir? – inquirió Felina en un susurro.
—Que nos hemos perdido. Necesitamos llegar hasta Detroit, para luego ir a Filadelfia. – llamó a la puerta y esperaron.
A los pocos instantes una doncella abrió la puerta. Pareció sorprendida de verlas.
—Buenas tardes ¿qué desean?
—Buenas, tardes. Verá, nos hemos perdido y afortunadamente hemos encontrado esta casa. ¿Podrían ser los señores tan amables de recibirnos? – la mujer las miró desconfiada, pero las hizo pasar al hall.
—Avisaré a los señores. Esperen aquí.
El interior estaba decorado exquisitamente. Todo estaba excepcionalmente limpio y parecía mucho más luminoso.
—Nos van a pillar. Ni siquiera la criada nos ha creído.
—Tranquilízate, Felina. Confía un poco más en mí. – En realidad, no tenía ni la más remota idea de lo que estaba haciendo, pero siempre había sido buena improvisando.

Las puertas de la biblioteca se abrieron, y la doncella dejo pasar a un hombre con un orgulloso bigote pelirrojo, y a una mujer de aspecto delicado ataviada de rosa pálido que resaltaba su cabello dorado. No eran muy mayores y por la distancia que guardaban entre ellos, no daba la impresión de que llevasen casados mucho tiempo.

—Buenas tardes, señoritas – el hombre les hizo un gesto cortés – Soy Richard Maxwell, y esta es mi esposa Catherine. ¿A qué debemos la visita?

—Sentimos muchísimo las molestias – Ingrid esperó sonar suficientemente compungida y angustiada – Mi nombre es Elisabeth Bennet – *sigamos confiando en Jane Austen* – y ella es mi hermana Felicity. Hemos tenido una terrible experiencia. Verá usted, nos dirigíamos al pueblo a visitar a unos familiares, y el cochero nos ha hecho bajar a mitad del camino. Sólo íbamos nosotras en el carruaje, y creo que se ha aprovechado de nuestra ingenuidad. Nos ha asegurado que estábamos muy cerca ya del pueblo, y que podíamos hacerlo a pie, porque él tenía algo urgente que hacer. Nos ha dejado en medio del camino y se ha marchado. Sólo hemos estado aquí en las temporadas de verano, y tanta nieve nos ha confundido. Gracias a dios que hemos encontrado su casa, pensábamos que íbamos a pasar la noche al descubierto, mi pobre hermana estaba tan asustada. – Felina asintió levemente, sin levantar la vista del suelo.

—Por dios, eso es horrible – la señora Maxwell parecía ciertamente escandalizada – Un cochero que abandona a dos mujeres en mitad del camino. ¿Dónde vamos a llegar?

—¿Quiénes son sus parientes? — preguntó él, ceñudo.

—Los Smith – Aquel apellido era el más común en los países angloparlantes, así que Ingrid cruzó los dedos dentro del bolsillo para que hubiera unos Smith en el pueblo.

—¡Oh cielos! ¿Han venido por el funeral? – aquello pareció horrorizar aún más a la señora.

—Así es, no llegamos a tiempo, pero al menos nos gustaría presentar nuestras condolencias a la familia.

—Oh, Richard – la mujer agarró a su esposo del brazo – Seguro que podemos dejarles nuestro coche para llegar al pueblo antes de que anochezca.

—Claro, claro. Linette, ¿por qué no avisas al Chet para que prepare a los caballos? – La doncella se encaminó presurosa hacia la cocina — ¿tomarán el té mientras esperan? Ha tenido que ser una experiencia horrible, ustedes dos, solas en la nieve, totalmente desorientadas.

—Ciertamente, señor Maxwell, no tenemos palabras para expresar la enorme gratitud que sentimos. Son ustedes muy generosos. – Ingrid les regaló su mejor sonrisa, y lo hizo con sinceridad, pues no se creía su buena suerte.

5

Media hora más tarde, subían al coche de caballos cedido generosamente por los Maxwell para llegar hasta el pueblo. El sol empezaba a bajar. Ingrid estaba preocupada. No creía que pudieran coger un coche hasta Detroit hasta el día siguiente, e iba ser muy difícil pasar desapercibidas en un pueblo tan pequeño, sin contar con la dificultad de encontrar alojamiento. Intuía que debía de haber una posada o algo parecido. Pero hablar con más gente significaba más preguntas, y aún no era capaz de creer la suerte que habían tenido hasta el momento.

—Te ha salido estupendamente el farol que te has marcado, eres una estafadora nata – susurró Felina, mostrando sus colmillos en una mueca de diversión.

—Bueno, si a Huckleberry Finn le funcionó, ¿por qué no a mí?

—¿Sabes que a él lo acaban pillando?

—Sí, pero no nos vamos a quedar tanto tiempo en el pueblo como para que nadie tenga la oportunidad.

—¿Estás segura? Yo seguiría dándole vueltas a ese ingenioso cerebro tuyo.

—No sé qué te hace tanta gracia, si nos metemos en un lío, nos metemos las dos. – Sabía que a Felina le divertía fastidiarla, pero no creía que tuviese ninguna gana de darle un disgusto a su padre.

Repasó mentalmente la información que había conseguido sonsacarle a los Maxwell. La difunta era una mujer mayor llamada Polly, querida en todo el pueblo y famosa por sus pasteles. Catherine Maxwell había considerado oportuno alabar la vida y milagros de la señora para halagar a sus parientes, cosa extremadamente útil dada la ocasión, mientras Ingrid le confirmaba entristecida que aquellos pasteles eran uno de los recuerdos más gratos y felices de su infancia. Elisabeth y Felicity Bennett habían pasado los veranos de su infancia con su tía Polly, la prima de su abuela, y aunque hacía muchos años que no la veían, se habían puesto en camino en cuanto habían recibido el telegrama referente a la gravedad de su estado.

El cochero aminoró la marcha cuando empezaron a ser visibles las primeras casas. Se detuvo ante una casita con un porche emergente de
un cuidado jardín. Ingrid se asomó por la ventana.

—Disculpe, ¿podría llevarnos a la posada? Nos gustaría dejar la maleta y adecentarnos antes de presentar nuestros respetos.

—Pero señorita –el hombre se giró y la miró desconcertado — ¿No van a quedarse en casa de su familia?

—Hace tanto tiempo que no los vemos, que me parecería inapropiado abusar de su hospitalidad en estas circunstancias. Tenga usted en cuenta que son parientes lejanos y no los conocemos tan bien como conocíamos a la tía Polly.

El hombre la siguió mirando con detenimiento unos segundos más, pero volvió a azuzar a los caballos.

—Esta vez ha estado más traído de pelos.

—Y ¿qué sugieres? ¿Que entremos en una casa llena de desconocidos fingiendo ser familiares? Ellos sí van a saber que la tía Polly no tenía ninguna sobrina en Detroit, sobre todo porque no han mandado ningún telegrama avisando a nadie.

La posada era una construcción de ladrillo de dos pisos con amplios ventanales y un tejado abuhardillado cubierto de nieve en aquel momento.

El cochero las ayudó a descender y les tendió sus maletas. Después hizo un saludo con el sombrero y se puso en marcha de nuevo.

Ingrid y Felina ascendieron los pocos escalones que las separaban del porche de la entrada, escoltado por amplios miradores a ambos lados. La joven sacó la mano de la capa y golpeó la puerta con los nudillos. Una mujer ataviada de negro (seguramente había asistido al funeral de Polly) les abrió la puerta.

—Buenas tardes – les dejó pasar al interior, un hall recubierto de madera — ¿en qué puedo ayudarles?

—¿Tendría una habitación para dos? – No tuvo que hacer un gran esfuerzo por sonar exhausta.

Antes de que se diera cuenta, estaba liberándose de la pesadilla del corsé y tendiéndose entre las mullidas almohadas de la cama frente auna chimenea encendida, con Felina acurrucada en el otro extremo de la cama. Ni siquiera le importó no haber cenado. Sólo quería dormir y no tener que hablar con nadie.

***

Después de llevar varias horas sentadas en el coche de caballos con destino a Detroit, Ingrid empezó a fantasear con trenes y sus asientos espaciosos. Aunque el ferrocarril estaba ya bastante extendido, no llegaba a pueblos remotos perdidos en los bosques de Michigan.

Sus acompañantes les habían dirigido algunas preguntas a las que ella había respondido cortésmente, pero afortunadamente no parecían tener demasiado interés en ellas y la conversación no se había prolongado en exceso. No veía el momento de llegar a una ciudad grande en la que poder perderse sin que nadie lo notara.

Sentada en el coche, que saltaba sobre las piedras del camino y se mecía con el trote de los caballos, se sentía aún más incómoda con aquella ropa infernal. Se había peleado con Felina por la mañana por oponerse al uso de la ropa interior victoriana, pero la chica gata había insistido, y lo había hecho con aquel talante amenazador suyo, e Ingrid se sintió como si estuviera peleando con su madre de nuevo por no querer usar el uniforme del colegio. Ahora odiaba más aquella prenda endemoniada, cuyo propósito no parecía otro que el de acabar por romperle las cotillas, de lo que había odiado los leotardos en su época escolar.

Mirando el paisaje a través de la ventana, que tampoco había cambiado tanto respecto al que había cruzado con los abuelos en coche en la dirección opuesta tan sólo unas semanas atrás, se dio cuenta de que aún no había asimilado lo que estaba pasando. Había vivido aquel día y medio como si fuera un sueño, como si ella se encontrase dentro de una burbuja que la aislaba del mundo, y caminara y anduviera por inercia. Como una marioneta. Que al fin y al cabo era lo que era, una marioneta controlada por Felina en esta dimensión y capitaneada por Nathaniel en un futuro incierto. No estaba acostumbrada a la sensación de ser manejada, y, sin embargo, tenía la impresión de que desde el momento en el que recibió la llamada para aquella entrevista de trabajo, no había tenido poder de decisión real. Se había visto empujada a un acontecimiento detrás de otro de forma tan rápida que se había dejado arrastrar sin tener tiempo de buscar una escapatoria. O tal vez en el fondo no deseaba escapar de aquella locura. Era cómodo que alguien le impusiera una misión en la que tenía que dar una serie de pasos sin pensar demasiado, aunque la misión en cuestión fuera algo totalmente carente de sentido racional.

En cualquier caso, mientras las horas pasaban y la luz se atenuaba, mientras los murmullos del resto de viajeros se fusionaban con el traqueteo de las ruedas, y sentía a Felina dormitar apoyada en su hombro, llegó a la conclusión de que incluso si se estaba dejando dirigir por el alquimista, tampoco podía luchar contra ello en el momento en el que ya estaba metida hasta las cejas.

Había muchas cosas que aún no comprendía, pero tal vez llegaría a comprenderlas acercándose al Nathaniel joven y menos reservado que le esperaba en Filadelfia. Y luego estaba la cuestión del maestro misterioso, Abraham Levi, al que ella tenía que encontrar de forma mágica sin tener idea alguna de quién era, y conseguir que ambos hombres se encontraran para descubrir los secretos de la alquimia. Era como intentar hacer un puzle de miles de piezas, las cuales están giradas y no sabes hacerlas encajar. Y eso era algo que no soportaba. No encontrarles el sentido a las cosas. Casi pudo oír a Felina riéndose de ella en su cabeza. *Los humanos perdéis el tiempo buscando explicación a las cosas que simplemente son, en vez de disfrutarlas.* Durante un instante dudó de si se lo estaba diciendo telepáticamente o de si se lo estaba imaginando, afectada ya por pasar tantas horas en su compañía. Parecía dormir realmente. Otro enigma más al que por supuesto, nadie se molestaría en dar respuesta.

Detroit era una ciudad floreciente. Elegantes edificios encuadraban avenidas atravesadas por raíles para tranvías conducidos por caballos en ausencia de electricidad. Restaurantes, tiendas, bullicio… Ingrid se dejó contagiar por todo aquello, olvidando por un instante todas sus preocupaciones. ¿Cuántas veces en su vida había soñado con aquello? ¿Con viajar en el tiempo, visitar otras épocas, conocer las costumbres, la moda, la forma de hablar? Al menos aquello iba a disfrutarlo. Eso nadie podía impedírselo.

Nathaniel les había dado una fortuna en dólares antiguos, para que no escatimaran en gastos, así que decidió que lo primero que debían hacer, además de encontrar un hotel, era empaparse del aire de la ciudad, conocer gente e ir de compras. Sentía una excitación que hacía tiempo que no sentía, sin terror de fondo, solamente pura emoción ante lo desconocido.

Escogió *The Inn on Ferry Street,* una hermosa construcción de estilo victoriano y ladrillo rojo inaugurada recientemente. Sonrió. Se había alojado en aquel hotel una vez con sus abuelos y sus padres, en la versión modernizada del edificio. Estaba diferente, pero en el siglo XXI habían conseguido conservar su esencia. Pidió dos habitaciones distintas, pero comunicadas. Necesitaba privacidad, no soportaba a la chica gata observando constantemente sus movimientos, y ella no protestó, así que también debía de estar cansada de ella. Ingrid sabía que Felina la toleraba por amor a su padre, pero era consciente de que para ella era un incordio, y la consideraba medio estúpida. Aunque supuso que era su percepción de la humanidad al completo (con excepción de Nathaniel, aunque él era excepcional en todo sentido) y no algo personal.

—Mañana tendremos que ir a la estación y comprar los billetes. Con suerte en dos días podremos estar en Filadelfia – se había quitado el sombrero y su melena atigrada se desparramaba libre sobre sus hombros. Vista así era una criatura hermosa.

—No. Mañana vamos a ir de compras.

—¿De compras? – las pupilas de Felina se ensancharon — ¿A comprar qué?

—Vestidos, sombreros… Y lo más importante, contactos.

—No nos hacen falta contactos.
—¿Ah, no? ¿Y qué vamos a hacer en Filadelfia? ¿Plantarnos en casa del Nathan de 20 años que ni nos conoce ni tiene idea de alquimia, y explicarle toda esta locura? No, Felina. Ahora somos señoritas de clase alta, y necesitamos que nos conozcan, que nos abran las puertas, si queremos impresionar a Nathan. Y tal vez de esa forma encontremos a Abraham Levi. No sé por qué Nathaniel no nos ha dado más pistas de cómo encontrarlo.
—Porque no lo sabe. Tú lo encuentras, y los reúnes. Fin de la historia. Supongo que nunca hablaron de cómo tú lo habías conocido. ¿Por qué tenemos que ser de clase alta?
—En primer lugar, porque si somos de clase trabajadora, absolutamente nadie nos va a mirar, y menos aún a escuchar. Y en esta partida en la que nos hemos metido la convicción juega un papel importante. En segundo lugar, en cuanto alguien nos conozca mínimamente, van a darse cuenta de que escondemos algo. Eso en las clases trabajadoras se nota mucho más. Pero en las clases altas son todo apariencias, así que no es tan evidente. Al fin y al cabo, todos son unos farsantes de una forma u otra. – Se sintió satisfecha al ver que su compañera se quedaba momentáneamente sin palabras, limitándose a mirarla con recelo. El silencio duró poco.
—Ingrid, yo no puedo ir de compras, ni puedo socializar. Me verán. En tiendas y salones tendría que quitarme el sombrero.
—Es cierto. Pues quédate aquí. Compraré algún vestido para ti. Y cuando estemos con gente, diremos que eres muda, así no tendrás que abrir la boca. – Felina callada o ausente en su aventura; todo eran ventajas. La chica gata la miró suspicaz, sabiendo que en parte lo que quería era quitársela de encima, pero no pareció tener nada que rebatirle. – Ahora, voy a pedir agua caliente para darme un baño, si no te importa.

***

Era algo extraño pasear por una ciudad que conocía pero que a la vez era tan distinta. Sin ruidos de motores, de cláxones, pero el mismo barullo de la gente caminando y charlando animadamente. El cielo presentaba una clara palidez invernal, y la nieve parecía haber dado una tregua al lugar. Ingrid vagó sin rumbo durante un rato, disfrutando del ambiente y del frío en la cara. Localizó en seguida una calle llena de tiendas y boutiques. No le resultó muy difícil, sólo tuvo que seguir a varios grupos de señoras.

Suspiró. En verdad debía de haber sido aburrido ser mujer en aquella época. Decidió decantarse por una tienda de aspecto refinado. No sabía muy bien cómo debía de actuar en un contexto como aquel. Al fin y al cabo, no existía un tallaje universal, ni prendas que se fabricaran iguales en cadena.

Al fondo de la tienda había un grupo de jovencitas que cuchicheaban emocionadas. Ingrid pasó por su lado mirándolas con curiosidad. Había una cabecilla, obviamente, y el resto parecían entre escandalizadas y divertidas por lo que contaba, aunque no alcanzó a oír lo que decía.

—Buenos días – saludó amablemente a la dependienta, y ésta le devolvió la sonrisa.

—¿En qué puedo ayudarle?

—Desearía comprar varios vestidos para distintas ocasiones, así como sus complementos.

—¿Varios, señorita? – a la chica se le iluminó la mirada.

—Así es, deseo renovar mi vestidor. De hecho si pudiera contar con su consejo… Soy nueva en la ciudad y me gustaría conocer la moda que impera en el momento.

—¿Ha dicho la moda? – la cabecilla del grupo de jóvenes se aproximó a ella. No debía de tener más de 19 años, y un aspecto impecable de muñeca, con sus rizos dorados y aquel par de ojos azules que contrastaban con una suave piel de porcelana. Aquella chica no había debido de recibir un rayo de sol en su vida. – Permítame que le ayude, soy una apasionada de la moda.

Ingrid sabía que había llamado su atención nada más entrar en la tienda. Ella era una mujer sola y desconocida, y estaba segura de que todas las mujeres de la alta sociedad se conocían entre ellas.

Suscitar su curiosidad y su afán por el cotilleo era parte de su plan, si quería ser invitada en el futuro.
—Por supuesto, se lo agradecería eternamente. Viste usted con mucho gusto, me fiaré completamente de su criterio. – La joven sonrió complacida.
—Margaret ¿serías tan amable de darnos un catálogo? Vamos a sentarnos en las mesas de la entrada para ver qué es del gusto de nuestra nueva amiga.

Era evidente que frecuentaba el establecimiento. La mujer le tendió un pesado catálogo, e Ingrid siguió a la joven hasta una mesa rodeada de sillas acolchadas. Llevaba un traje verde pálido y blanco de corte parecido al suyo. No era muy alta, y el corsé hacía que pareciera que se iba a romper por la mitad. Era evidente que sus padres habían criado a la perfecta mujer frágil y desvalida que encajaba en los ideales del momento. Al menos en apariencia. Ingrid veía la seguridad con la que se movía, y podía intuir la firmeza de sus pasos bajo la falda. Las apariencias podían engañar.
—Oh, cómo he podido ser tan maleducada – la joven se llevó una mano a la boca en un gesto exagerado de consternación – Soy Prudence Hall, hija de Ernest y Laura, no sé si ha oído hablar de ellos. Mi padre es uno de los empresarios que financia el ferrocarril.
—Me temo que soy una ignorante, señorita Hall. Llegué ayer mismo a la ciudad y no he tenido la oportunidad de conocer a sus máximas autoridades todavía. Mi nombre es Elisabeth Bennet.
—Encantada, señorita Bennet. No pretendo ser entrometida, pero ¿qué le trae a Detroit?
—Un cambio de aires, señorita Hall – Ingrid hizo un gesto afectado – He enviudado hace poco, y no quería quedarme en la misma ciudad. Por supuesto, tengo una agente controlando allí mi patrimonio, pero quería empezar de cero en otra ciudad, no soportaba los rostros de compasión de la gente.
—Bueno, ha de reconocer que es muy triste, una mujer tan joven, viuda, estoy segura de que sus vecinos no tenían otra intención que expresar su buena voluntad para con usted.

—Desde luego. Pero verá usted, me he cansado de vestir de negro. Como usted ha dicho, soy muy joven todavía, y mi pobre Alfred no querría que estuviera de luto siempre. – *Que Alfie me perdone por usar su nombre para un muerto*
—Por supuesto – La curiosidad de Prudence Hall se asomaba ávida en sus ojos, pero su educación no le permitía seguir insistiendo en ese momento.

Repasaron el catálogo de arriba abajo. La joven no había exagerado a cerca de su dominio de la moda. Eligió con maestría tres modelos de diario y dos de fiesta.

Después se encargó de combinar sombreros, botas, sombrillas y hasta se atrevió a aconsejarle sobre la ropa interior.
Ingrid se encontró con un montón de cajas sobre la mesa que no tenía forma de transportar hasta el hotel, y el bolsillo menguado, pero no le importó. Había pasado toda la mañana eligiendo ropa, subiéndose a un escabel para que le tomaran medidas y le ajustaran los trajes elegidos, y escuchando la incesante cháchara de Prudence y sus amigas, que se habían unido a la fiesta, alentadas por el éxito de su líder en el acercamiento.
—Margaret puede encargar que le lleven las cajas a su domicilio, ¿no es así, Margaret?
—Por supuesto, señorita Hall, hoy mismo las tendrá.
—¿Dónde se aloja, señorita Bennet?
— En *The Inn on Ferry Street.*
—¿El hotel? – Prudence pareció fascinada.
—Así es. Habitación 5 – añadió, mientras Margaret tomaba nota.
Se despidió de las chicas, pero Prudence la siguió.
—¿Le importaría que paseara con usted hasta el hotel? No está lejos, y me apetece tomar el aire.
Ingrid arqueó una ceja. Había captado su atención más de lo que había deseado. Había algo ansioso en el gesto de Prudence.
—Pero Prudence, – intervino una de sus amigas – tu ama se va a enfadar muchísimo si te vas sin ella, y se lo dirá a tus padres.
—Decidle que me he sentido indispuesta y que como no la encontraba, he vuelto sola a casa. No va a chivarse, sería confesarles a mis padres

que mientras nosotras estamos aquí, ella se va a ver a ese señor misterioso con el que se escribe.

Acto seguido, cogió el brazo de Ingrid con toda confianza, y la guió a través de la puerta hasta el exterior. Definitivamente, Prudence Hall no era la muñequita frágil que parecía ser.

Caminaron unos momentos en silencio, la joven parecía estar rumiando algo.

—No hay nada indecoroso, al fin y al cabo, no estoy paseando sola por la calle. Aunque alguien me viese, ir con una amiga no está prohibido.

—Y luego su amiga la dejará en un coche que la llevará a la puerta de su casa – añadió Ingrid como si de su hermana mayor se tratase

—¿Lo hará?

—Es usted la primera amiga que hago, ¿cómo voy a traicionarla? – la sonrisa que iluminó el rostro de Prudence era esta vez sincera y luminosa.

—¿Cómo es?

—¿Cómo es el qué? – Ingrid había supuesto que quería seguir con el interrogatorio.

—Ser libre – la joven suspiró – No me malinterprete, no quiero decir que no se sienta triste por la muerte de su esposo, debe de ser muy doloroso… Pero cuando una es viuda ya no tiene que depender de ningún hombre. No está en la obligación de volver a casarse, aunque esté bien visto.

—Tiene usted unas ideas curiosas, querida – Ingrid la miró divertida. La muñequita de porcelana era toda una feminista.

—¿No lo ve usted así?

—Echo de menos a Alfred. Yo le quería. No nos casamos por obligación. Pero entiendo lo que me dice. – le concedió. Aunque una parte de ella deseaba hablarle de todo lo que las mujeres lograrían, aún no confiaba lo suficiente en ella como para darle cuerda de aquella forma.

—Claro. – Prudence pareció un poco desanimada — ¿Dónde vivía, exactamente?

—En Chicago.

—¡Chicago! Me encantaría visitarla algún día, he oído tantas cosas de esa ciudad.

Llegaron a la entrada del hotel. Ingrid hizo un gesto a uno de los mozos de la cochera.

—No quiero que se meta en más problemas por estar en mi compañía. Es hora de que se marche a casa. Estoy sumamente agradecida por su ayuda.

—Ha sido un placer– la joven sonrió levemente, se dirigió hacia el coche, pero se dio la vuelta como recordando algo – Mañana celebramos una fiesta en casa. Sería maravilloso contar con su presencia. Brush Park. A las 7 estará bien. No llegue tarde, la estaré esperando.

***

Felina no había puesto buena cara cuando llegaron todos los paquetes con sus compras, y menos aún al enterarse de que tenía intención de ir a una fiesta.

—No hemos venido para ir de fiesta, tenemos que ir a Filadelfia – le reprendió – He pasado sola todo el día, encerrada en esta habitación, y no me gusta. Tenemos que encontrar a padre.

—Ya lo sé, forma parte de mi plan.

—¿Qué plan?

—Conseguir contactos en Filadelfia. Tener las puertas abiertas cuando lleguemos para que sea mucho más fácil que todo salga bien.

—Y me vas a tener encerrada mientras llevas a cabo tu plan maestro.

—Fuiste tú la que no quiso teñirse el pelo para pasar desapercibida. No me culpes. – Felina soltó un bufido y se encerró en su habitación.

***

Eligió un vestido verde esmeralda con bordados negros. A diferencia de los trajes de día, los vestidos de noche, además de brillantes, eran escotados y dejaban los hombros al descubierto. Ingrid

sonrió ante la imagen que le devolvía el espejo. Era francamente favorecedor.

La grandiosa mansión victoriana junto a Brush Park no pasaba desapercibida. Especialmente por la cantidad de coches que parecían parar a su entrada. Ingrid pagó al cochero y se dispuso a subir las impecables escaleras hasta la puerta principal. Un mayordomo se ofreció a coger su capa. El vestíbulo era inmenso, y se abría de forma diáfana a otras dos salas que rodeaban una pulida escalera de mármol que conducía al piso superior. Tomo aire, impresionada. Al señor Hall los negocios con el ferrocarril le iban estupendamente, sin rastro alguno de duda. Notó que varias miradas se posaban sobre ella y trató de sonreír de forma cortés y encantadora. Se acordó de sus prácticas de periodismo ante una cámara, y fingió estar en la misma situación. Al fin y al cabo, había un montón de espectadores en la sala.

—Señorita Benett – una de las amigas de Prudence con las que había pasado la mañana en la tienda, se acercó a ella – Prudence pensaba que ya no vendría. Ha causado usted un gran impacto en ella, puedo decírselo.

—Me deja usted atónita, no entiendo a qué podría deberse algo así.

En aquel momento, la joven bajaba por las escaleras con los andares de una reina, envuelta en un precioso vestido azul celeste de seda. Ingrid se dio cuenta de que la mayoría de los jóvenes de la sala la miraban embobados. Se preguntó si la aparente aversión de la chica a casarse no se debería a un exceso de pretendientes que la agobiaba.

Ignorando a todos los muchachos, se cogió del brazo de un hombre esbelto de mediana edad que Ingrid supo al instante que era su padre. Con rasgos más afilados y varoniles ocultos tras un portentoso bigote, el caballero tenía los mismos ojos enormes y límpidos de su hija, la misma nariz recta y los labios carnosos. Eran una copia genética. El hombre miraba a su retoño con evidente adoración. Prudence se aproximó a Ingrid y a su amiga.

—Papá ¿me permites presentarte a la señorita Elisabeth Benett? Es la nueva amiga de la que te he hablado.

—Y tanto que me has hablado. Tiene usted a mi hija fascinada, es un placer conocerla. Ahora que la veo, puedo entender el por qué. Tiene

usted una elegancia natural, si me permite el atrevimiento. – El hombre cogió su mano enguantada y la besó castamente.
—Me halaga usted, señor Hall. Soy yo la que estoy fascinada con la amabilidad que su hija me ha mostrado en todo momento.
—¿Cuánto tiempo planea usted quedarse en Detroit?
—No mucho, la verdad. Hay asuntos que requieren mi presencia en Filadelfia.
—¡Filadelfia! – El rostro de Prudence se iluminó — ¡Papá! ¿No es una afortunada casualidad? Nosotros vamos a viajar a Filadelfia la semana que viene, y nos vamos a quedar allí una temporada. Es la presentación en sociedad de mi prima, y pasaremos las Navidades en familia. ¿Conoce usted a alguien allí?
—Me temo que no.
—Entonces tiene que venir usted con nosotros, le presentaremos a todos nuestros conocidos allí. Puedo mandarle un telegrama ahora mismo a mi tía para que busque un alojamiento adecuado para usted.
—Eso sería maravilloso, señorita Hall.

6

Ingrid no acababa de entender el entusiasmo que parecía despertar en Prudence Hall. Había contado con su curiosidad, pero no con aquella inesperada y férrea devoción. Los días siguientes, la joven insistió en que la visitara en un par de ocasiones, para descontento de Felina, a quien la perspectiva de seguir encerrada en la habitación del hotel no le resultaba nada halagüeña. Ingrid la instó a pasear. Le había hablado de ella a su nueva amiga como una hermana pequeña con una condición en el habla.

—Entiendo tu teoría de hacer contactos, Ingrid. Pero esa chica está demasiado interesada en ti. No me gusta. Y cuanto más rato pasemos con ella, peor. Acabará dándose cuenta de algo, si es tan lista como dices.

—Felina, yo tampoco entiendo de dónde viene su interés, pero no podemos ignorar la oportunidad que estamos teniendo. Su tía nos ha buscado una casa de alquiler en un distrito tranquilo y respetable de la ciudad. Llegaremos a mesa puesta.

—Y debiendo favores. No me gusta nada el cariz que está tomando todo esto.

—No seas tan hosca. Deberías salir a que te diera el aire. Te estás volviendo más malhumorada de lo que ya eres de normal. ¿Hace cuánto que no te haces ovillo al sol? – le sonrió, maliciosa, y Felina le devolvió una mueca disgustada. Seguro que echaba de menos enroscarse y disfrutar de aquel calor. Era su actividad favorita.

—¿Por qué no te quedas tú sola en la habitación durante días a ver qué tal te sienta la experiencia? Bien podrías llevar a tu hermana discapacitada contigo, aunque no hable, no sé qué clase de monstruo eres.

—Está bien, no te pongas así. Esta tarde salimos las dos. Nunca pensé que acabarías por echarme de menos.

—Ni yo – respondió Felina, lacónica.

La máquina de vapor soltó un silbido agudo dando el toque de aviso a los pasajeros para que subieran al tren.

El señor Hall se encontraba impecable enfundado en su traje gris y su sombrero negro, con su prominente bigote rubio perfectamente peinado. A su lado, su esposa, la madrastra de Prudence, parecía tremendamente afligida por el viaje. Por la manera desdeñosa en la que la hija miraba a la nueva mujer de su padre, estaba claro que no reinaba un clima de paz en la casa. La comitiva culminaba con las dos doncellas que las acompañaban. Ingrid y Felina guardaban cierta distancia por detrás de ellos, con sus maletas, ataviadas en sus nuevas galas. Felina llevaba el sombrero encasquetado hasta el fondo, de forma que todo su pelo quedaba oculto, y era difícil verle los ojos. Si mantenía la boca cerrada, parecía una bonita niña entrando en la pubertad.

Nada más subir al tren y acomodarse en el compartimento, el señor Hall y su esposa se dirigieron al vagón restaurante, dejándolas solas a las tres.

—Es lo único que tienen en común. Se emborracharán ligeramente para aguantarse sin perder la compostura – espetó la joven, amargamente.

—No es propio de una joven de buena familia hablar así de sus padres, ¿no cree, señorita Hall? – Ingrid tenía que seguir interpretando su papel, sin importar la simpatía creciente que sintiera por la chica

—Pero estoy en confianza ¿no? – se dejó caer en el asiento – Y su hermana no va a decir nada, al fin y al cabo, si me permite el comentario.

—¿Está en confianza?

—¿Podemos tutearnos ya, Elisabeth? Dijiste que no ibas a traicionar a tu única amiga.

—Cierto, pero aun así parece inapropiado, teniendo en cuenta el cariño que evidentemente le profesas a tu padre.

—Sí, ha sido un comentario ruin. Pero no la soporto. Siempre tan afectada, con terror por la vida. Todo le parece peligroso. Y siempre sermoneándome sobre lo inadecuado que es todo lo que hago.

—Supongo que cree que es su responsabilidad.

—Está claro. El único motivo por el que mi padre se casó con ella fue por la presión social de que yo necesitaba una figura materna al entrar en la adolescencia que me guiase. Todo el mundo pensaba que él estaba cometiendo grandes errores como padre.
—¿Cuándo murió tu madre? – lanzó la pregunta con cautela. Era evidente que la falta de su madre era un tema sensible a tratar.
—Cuando yo tenía 6 años. Ella era increíble, totalmente distinta a esa marioneta desmadejada que ahora lleva mi apellido. El pobre papá me educó sabiendo cómo ella querría haberme educado. Me permitió ir al instituto. Con chicos. Durante dos años.
—¿En serio? – Ingrid estaba enormemente sorprendida.
—Sí, en cuanto aprobaron la ley que lo permitía. Evidentemente, casi ninguna mujer va, parece indecoroso, por eso fue un escándalo que yo fuese. Pero ¿sabes de qué me di cuenta en esos dos años, además de aprender algo útil que no fuera pintura, piano, costura y modales?
—¿Qué?
—Que los hombres no son más listos que tú ni que yo.
—Me parece evidente – Ingrid se rio entre dientes. Felina también hizo un sonido parecido a una risa. Prudence, viendo la buena acogida de su público ante sus palabras, pareció crecerse.
—¿Habéis oído hablar de las sufragistas?
—Por supuesto. Eres toda una revolucionaria, Prudence.
—¿Lo soy? Si no son más listos que nosotras ¿por qué sólo ellos pueden votar y tomar decisiones? No es una idea revolucionaria, parece pura lógica. – Hizo una pausa – Si le hubiera dicho esto a mi madrastra, habría tenido un colapso nervioso y se habría pasado dos semanas en la cama culpándome de atentar contra su frágil salud con mis comentarios ominosos. Pero tú no te escandalizas. No me das cuerda, eso lo veo desde el principio, pero no me miras como si estuviese diciendo una barbaridad. Lo he sabido desde el momento en el que entraste por la puerta de la tienda: Te mueves de manera distinta, segura, la forma en la que hablas, como si no tuvieras que pedir permiso. Tengo que pasarme los días fingiendo ser una pobre tonta que se sonroja ante cualquier cosa, hablando de cosas estúpidas,

y sin nadie con quien comentar las noticias que leo en el periódico de mi padre.
Él a veces comparte sus opiniones conmigo, al fin y al cabo, es el hombre que me mandó a estudiar entre varones, pero entonces ella empieza a ponerse histérica, y a decir que nadie querrá casarse conmigo si sigo opinando de política, y economía. Que a los hombres no les gustan las mujeres que se creen iguales a ellos. ¿Quién quiere casarse con un idiota que sólo sabe hablar de sus perros y lo bonito que es mi vestido? Me siento tan sola, Elisabeth, tan aislada, sin nadie que me entienda. Pero tú me entiendes, ¿verdad?
—Sí, Prudence, te entiendo – Ingrid estaba pasmada. Así que la joven veía en ella a una aliada feminista como flotador cuando se estaba ahogando, y por eso se aferraba a ella con tantas ganas – pero como bien sabes, de estas cosas es mejor no hablar en público.
—¿Por qué? ¿Por qué no podemos hablar abiertamente, como todas esas mujeres que están luchando?
—Porque somos minoría. Estoy segura de que las sufragistas van a hacerse más y más poderosas, y un día las mujeres podrán votar y hasta gobernar, pero el cambio es lento, y hay que dar pasos con cuidado. Es más fácil influir cuando se tiene una posición de respeto y poder. Así que no la pierdas, querida. Demuestra ser tan inteligente como yo creo que eres, esto es un juego de estrategia.
—Suenas tan convencida. No sé si tengo tanta paciencia. Y ¡aborrezco la idea de casarme!
—No todos los hombres son tan malos. Yo tuve suerte con el mío. Hay algunos que defienden la causa.
—No te creo.
—Tu padre te mandó a un instituto en contra de la opinión pública porque consideró que merecías la misma educación que cualquier hombre. No es el único.
—Mi padre vive subyugado a los deseos de esa arpía. Hace lo que ella quiera con tal de no oírla. Ni siquiera se ha quedado embarazada. Y eso que no es muy mayor. El contacto íntimo con un hombre debe de horrorizarla tanto como todo lo demás, así que siempre está fingiendo ataques. ¿Usted rechazaría a un hombre como mi padre?

Ingrid empezó a vislumbrar las ideas que se tejían en la mente de Prudence.
—Tu padre es un hombre casado, en el que no puedo pensar en esos términos, y no creo que el asesinato de tu madrastra convenga a nuestra causa, querida. Hay cosas que son como son y hay que aceptarlas, por muy poco que nos gusten.
—No pensaba asesinarla. Pero no voy a negar que te preferiría a ti mil veces antes que a ella.
—No tengo intención de volver a casarme, Prudence. Ahora soy una mujer libre y con patrimonio.
—Patrimonio. ¿Se imagina que le digo a mi madrastra que quiero trabajar para no depender de nadie? Me encierra con llave y tira la llave al río.

***

Filadelfia era una ciudad hermosa y llena de vida. La casa que la tía de Prudence había elegido para ellas no era muy grande comparada con otras mansiones, pero era elegante y coqueta, con amplios ventanales decorados con cortinas de tonos cálidos. El coche que habían tomado en la estación les dejó en la puerta y el cochero les ayudó con el equipaje.
—Bueno, ya estamos aquí. – Felina se liberó del sombrero y se agitó el pelo con la mano nada más traspasar el umbral. – Me equivoqué. Me gusta tu amiga humana. Es una joven de armas tomar. Y está interesada en ti porque cree que eres una de sus feministas.
—Eso no es mentira, soy feminista.
—Sólo espero que no se quede destrozada tras tu marcha, cuando vuelva a sentirse sola y miserable – empleó un toque de sorna en su comentario, e Ingrid sintió la punzada dolorosa de culpabilidad que Felina había tenido toda la intención de lanzarle.
—Lo superará. Es joven y fuerte. Y tal vez pueda ayudarla en el poco tiempo que estemos aquí.

—Era uno de los motivos por los que no me gustaba tu plan. Los humanos os encariñáis enseguida y podéis echarlo todo a perder por ese motivo.
—No voy a echar nada a perder. Estamos en Filadelfia. Tenemos contactos en la alta sociedad. Tenemos una casa para nosotras solas, alejada de miradas curiosas. Tan mal no lo estoy haciendo.
—No, tu faceta de estafadora es toda una mina de oro, te concedo eso.
Alguien había dejado preparada una comida de bienvenida, y al olerla, Ingrid se dio cuenta de lo hambrienta que estaba. No estaba comiendo en condiciones en aquel siglo. A veces se saltaba las horas de la comida o de la cena.

Mientras engullían a toda velocidad, acordaron que Felina saldría a buscar al tal Abraham Levi, mientras Ingrid hacía el primer acercamiento al joven Nathan. Sabía que la chica gata se moría de ganas de ver a su padre, pero él no debía verla, y observarlo desde la distancia podía ser demasiado tentador. En cambio, era buena encontrando personas, al fin y al cabo. la había encontrado a ella.

***

La universidad de Pensilvania era un enorme e imponente edificio de ladrillos rojos salteados de ventanales y coronado con torretas y chimeneas. Ingrid no había estado en Filadelfia en su propia época, así que, a diferencia de lo ocurrido en Detroit, se sentía bastante desorientada, pero se permitió la licencia de perderse y disfrutar de las vistas. El invierno parecía estar siendo más gentil allí. A pesar del frío, no había nieve por todas partes.

Sabía que Nathaniel estudiaba ciencias, pero era toda la información que tenía, y una mujer deambulando por la universidad llamaría demasiado la atención, así que se apostó en un banco frente a los jardines que precedían a la puerta principal, con la esperanza de verle salir cuando finalizara sus clases, aunque no tenía ni idea de a qué hora acababa.

Empezaba a sentirse entumecida por el frío, cuando lo distinguió entre un grupo de jóvenes. No sabía con certeza cuánto tiempo llevaba esperando, porque le costó ponerse en pie. Empezó a aproximarse a ellos, pero se lo pensó mejor. Sería más prudente que lo abordase cuando estuviese solo. Así que se quedó quieta, y el grupito pasó a su lado, algunos de ellos mirándola con curiosidad. Esperó a que estuvieran a una distancia prudencial y comenzó a seguirlos. Se fueron disgregando poco a poco; era evidente que todos vivían en los alrededores de la universidad.

Nathan continuó caminando con uno de sus amigos y se introdujeron
en unas calles más angostas. Debían de compartir alojamiento, porque ambos se dirigieron al mismo portal. Ingrid maldijo para sus adentros.

—¡Disculpe! – aceleró el paso. Los dos jóvenes se detuvieron y la miraron — ¿Nathaniel Hawk?

Ambos intercambiaron una mirada, y el amigo la contempló entre curioso y divertido.

—Soy yo – Nathan parecía confuso, como si intentase recordar si la conocía — ¿Con quién tengo el gusto de hablar? – modales impecables, pero sin la afectación de la clase alta.

—Me llamo Elisabeth Bennet – Ingrid no estaba segura de que fuera buena idea revelarle su verdadero nombre todavía — ¿Podría hablar con usted un momento? – Nathan le dirigió una mirada insistente a su amigo y este desapareció en el interior de la casa.

—Usted dirá.

Ingrid se tomó un instante para estudiarlo. Tenía los mismos ojos grises templados, las cejas pobladas, la nariz algo respingona y el rostro alargado, pero su expresión era mucho menos segura y confiada de la del Nathaniel que ella había conocido. También parecía menos corpulento. No es que fuera un hombre grande como Alfie, pero el muchacho frente a ella no tenía los hombros tan anchos como los llegaría a tener. Parecía más bien flacucho.

—¿Señorita?

—Disculpe, es que se parece usted a alguien que conozco.

—¿En qué puedo ayudarla? – pasó el peso de un pie a otro, incómodo. Ingrid cayó en la cuenta de que no debía de estar acostumbrado a estar con una mujer a solas en medio de la calle.

—Es usted científico – soltó, sin pensarlo mucho. En realidad, no había planeado lo que iba a decirle en su primer encuentro. Se sintió idiota.
—Eh… sí. Soy estudiante de ciencias.
—He oído que tiene usted ciertos conocimientos de medicina.
—Algunos, pero no soy médico. Si tiene alguna condición, tendrá que ver a un doctor, señorita.
—No, no tengo ninguna condición, pero tengo un conocido que ha oído hablar de su buena reputación y tiene curiosidad en conocerle y tal vez intercambiar algunas ideas. Le tiene a usted en un pedestal, dice que es un joven brillante.
—¿Eso dice? Y ¿quién es su amigo? – Nathan parecía aún más confuso que antes, pero sonrió un poco, halagado.
—Abraham Levi – *Ahora sólo espero que Felina lo encuentre pronto, y sea realmente un conocido mío.*
—Nunca he oído hablar de él. ¿Por qué la manda a usted a decírmelo?
—El señor Levi tiene una agenda muy ocupada, y quería saber primero si usted estaba interesado.
—Es decir, que usted es su ayudante. – *Eso ya va a ser más complicado.*
—Algo así. Le ayudo con sus compromisos y le asisto en sus descubrimientos.
—¿Es usted científica?
—Tengo nociones de ciencia. ¿Por qué no viene a visitarme y le explico todo mucho mejor? – le tendió su dirección, la misma tarjeta que Prudence le había dado a ella para indicarle dónde estaba la casa – Mañana a esta hora estaría bien.

Se dio la vuelta y se marchó, dejando al joven Nathan pasmado. Si lo conocía lo suficientemente bien, y creía que sí, la curiosidad sería más fuerte que la incertidumbre. Exactamente como le había pasado a ella.

—Ni rastro de Abraham Levi – Felina parecía consternada – he recorrido toda la ciudad, y nadie habla de él en ningún entorno. Puede que aún no haya llegado.
—Eso es fantástico, porque Nathaniel piensa que soy su ayudante y va a venir mañana para hablar conmigo.
—¿Por qué le has dicho que eras su ayudante?
—¡Lo dijo él! Y no me pareció oportuno corregirle, porque tampoco se me ocurría nada mejor. El protocolo de esta misión no está muy marcado, no me dijiste que no pudiera engañarle un poco para engatusarlo.
—¡Ingrid! ¡No conocemos a Abraham Levi! ¿Qué va a pensar de ti? – La idea de mentirle a la versión joven de su padre parecía espantar a la chica gata.
—No tiene por qué enterarse de que aún no lo conocemos. ¿No? Podemos hacerle una demostración del conocimiento de su maestro para que se sienta tentado.
—¿Cómo?
—Tú llevas años con él, ¿no sabes nada de alquimia? ¿Ni un poquito?
—He escuchado la teoría cientos de veces, claro, pero nunca he leído el tratado. Sólo él puede hacer eso.
—Pues tendremos que improvisar.

***

Estaba oscureciendo e Ingrid estaba cada vez más nerviosa. Había dedicado las últimas veinticuatro horas a pensar cómo convencer a Nathaniel de que no la tomara por loca y esperara a conocer a Abraham Levi. Ahora el momento se aproximaba y tenía la impresión de que sus frágiles argumentos se esfumaban como el humo a través de la chimenea. Felina había vuelto hacía un rato de su segunda ronda de investigación, y seguían sin noticias del maestro alquimista. La observaba dar vueltas como un animal enjaulado con cierta diversión, como si el problema no fuera suyo.

—No tengo ni idea de qué hacer. ¿Qué estudiaban en ciencias en esta época? Aún no puedo hablar de átomos, ¿no? – tenía un nudo en el estómago.
—Igual si le hablas de los átomos le convences para que se quede.
—Pero si casi no sé nada de los átomos. Me va a tomar por loca y se va a marchar. Tú desaparecerás y… ¡Espera! Si Nathaniel no se pone en contacto con el alquimista, eso significa que nunca será capaz de crear un portal en el tiempo, y yo me quedaré aquí atrapada… — miró a Felina con los ojos desorbitados — ¡A eso se refería con todas las cláusulas del contrato!
—¿Aún no lo habías pensado? Cuando empiezo a pensar que tienes cierta inteligencia haces algo que se encarga de desmentirlo.
—¡No te burles de mí! No ahora. Tal vez simplemente yo reaparezca en 2015 como si nada de esto hubiera pasado.
—No lo sabemos con seguridad, pero yo que tú me esforzaría para que todo salga bien.
—¡Me estoy esforzando! ¡Ayúdame un poco!
—Coquetea con él.
—¿Qué? – aquello sí que era un giro inesperado. No podía creer que aquellas palabras hubiesen salido de la boca de Felina.
—Ingrid, no seas obtusa. No eres despampanante, como tu amiga la sufragista, nunca saldrías de portada en una revista de moda, pero eres lo suficientemente atractiva como para conseguir que un hombre se quede.
—¿Quieres que le intente seducir? – aquello era aún peor. Sintió una gota de sudor frío atravesando su espalda.
—No, yo no quiero. Pero es bastante evidente que padre se va a enamorar de ti. ¿No te has dado cuenta de la adoración que te profesa? Y eso sin poder expresarlo abiertamente, porque entonces sí que habrías huido pensando que era un depravado.

Antes de que pudiera salir de su estupor y responder, llamaron a la puerta, y Felina subió a toda velocidad las escaleras, desapareciendo de su vista. Ingrid tragó saliva. Si ya estaba al borde del ataque de nervios, las declaraciones de su compañera de viaje no habían hecho más que empeorar las cosas.

Nathaniel esperaba en el umbral de la puerta, cabizbajo, hasta que ella abrió y levantó la mirada, esbozando una tímida sonrisa. Había intentado adecentar sus alborotados rizos negros, y había escogido sus mejores galas, aunque seguía teniendo un aspecto algo descuidado.

—Buenas tardes, señor Hawk – Ingrid se esforzó en sonreír – Ya pensaba que había usted declinado mi oferta.

—Disculpe el retraso, nunca había estado en este barrio tan respetable, y me temo que mi sentido de la orientación deja un poco que desear.

Le dejó pasar, y él se quitó el sombrero. Ella cogió su abrigo y lo colgó en el perchero del vestíbulo, mientras él la observaba. Era una situación de lo más incómoda. Supuso que era aún más extraño que en una casa de aquellas condiciones no hubiese servicio que se encargara de abrir la puerta y recoger abrigos. Aunque se atisbaba cierta sorpresa en su rostro, no hizo ningún comentario.

—Perdón por este recibimiento, acabo de llegar a la ciudad y no he tenido aún ocasión de contratar personal. Por aquí – dijo, conduciéndole al salón. La única luz era la de la chimenea, y casi toda la sala quedaba en la penumbra. Pensó que tal vez sería conveniente encender las lámparas de gas de las paredes, pero desechó la idea.

Sería más fácil disimular que mentía con el rostro lleno de sombras. Le indicó con un gesto que se sentara en el sofá — ¿Desea tomar un té?

—No gracias. Me gustaría que siguiéramos hablando del asunto que me ha traído hoy aquí. ¿Cuándo podré conocer a Abraham Levi?

—Aún no ha llegado a la ciudad – respondió Ingrid, con sinceridad.

— ¿Ah, no? ¿Y cuándo va a llegar? – El joven parecía perplejo – Pensaba que deseaba que trabajara con él.

—Así es, pero como le dije, tiene una agenda muy ocupada, con múltiples compromisos, así que su fecha de llegada es variable, no puedo notificársela todavía.

—¿Entonces por qué me pidió que viniese hoy?

—Porque el señor Levi desea que empiece a trabajar conmigo, para que yo evalúe sus capacidades.

—¿Trabajar con usted y que me evalúe? – Ahora parecía divertido – Señorita Bennet, no se ofenda, pero tengo mucho trabajo en la universidad y estoy muy ocupado porque allí hay gente que realmente tiene la capacidad de evaluarme. Ahora si me disculpa, tengo otro compromiso al que asistir. – Se puso en pie y se dispuso a marcharse, pero Ingrid le interceptó, bloqueándole el paso.
—¿Por qué soy una mujer, señor Hawk? ¿Tienen en su universidad alguna noción real de cómo funciona el mundo? ¿Sabe lo que son los átomos? ¿Ha oído hablar de la teoría de la relatividad? ¿Estudian algo posterior a Newton? – Ingrid habló con la desesperación que le causaba el pánico, y la indignación de sentir el desprecio de aquel hombre. Se había puesto muy cerca de él al plantarle cara a cara. Sólo los separaba un palmo. Para ella era una postura de desafío. Él dio un paso atrás.
—No tengo ni idea de qué me habla. Newton es el mejor científico que ha existido. No he oído hablar de nada de lo que menciona, y suena interesante. Cuando el señor Levi llegue a la ciudad estaré encantado de hablar con él. Les agradezco enormemente su interés en mi persona. Ahora, si fuera tan amable de dejarme pasar, tengo cosas importantes que hacer.
Ingrid se quedó plantada en el hall, mientras el salía por la puerta. Sintió ganas de llorar. ¿En qué momento habría aceptado aquella locura?
—¿Esas son tus técnicas de seducción? No ha durado ni diez minutos en la casa y le has espantado. – Felina volvía a lucir aquella mueca burlona en su rostro.
—¿Estás de mi parte? Porque pareces muy feliz cada vez que hago algo mal.
—Estoy de tu parte, pero me divierte cuando te humillas a ti misma. – Vio los ojos enrojecidos de la chica, y bajó por las escaleras mudando su expresión burlona en una alentadora – No lo has hecho tan mal. Buena baza lo de nombrar cosas que no se van a descubrir hasta dentro de veinticinco o treinta años. Le ha picado la curiosidad. Y le has impresionado. Se está haciendo el difícil. Seguramente piensa que

Abraham Levi va a pagarle y quiere comprobar lo interesado que está en él.
—¿Y si le pago por adelantado? Al fin y al cabo es su propio dinero.
—No es una mala idea. ¿Por qué no le sigues ahora?
—¿Ahora? No sé a dónde ha ido.
—A emborracharse, Ingrid. Piensa un poco. Es viernes por la noche, él es estudiante, y como te confesó en el presente, la noche le cautivaba por aquel entonces. Seguramente va a presumir delante de sus amigotes de cómo te ha dejado plantada. Tampoco te escondió el hecho de que no ibas a conocer al Nathaniel más maduro.
Felina sabía que aquel dato sería suficiente para convencerla. Al fin y al cabo era igual de orgullosa y testaruda que su padre. Ingrid cogió su capa y su sombrero y salió por la puerta sin añadir nada más. Los humanos eran tan previsibles.

7

No le fue difícil descubrir cuál era la taberna favorita de Nathan y sus amigos. Eran bastante populares en la universidad, y no únicamente por sus logros académicos. Era un local bullicioso lleno de gente que cantaba y gritaba, calentándose con alcohol a resguardo del frío invernal. Distinguió primero al compañero de piso que había visto el día anterior. Él aún no había llegado. Supuso que había vuelto a pie. Todo el mundo se giró a mirarla. Las únicas mujeres presentes en la estancia eran con toda seguridad profesionales de la noche. Se hizo hasta un silencio con algún murmullo acallado. Ingrid frunció los labios y se acercó a la mesa donde se sentaban los amigos del futuro alquimista.

—Señorita Elisabeth Bennet, tiene usted el don de aparecer en los lugares más inesperados – el compañero de piso de Nathan la observó divertido, y ella le sonrió, sorprendida por el hecho de que hubiese recodado su supuesto nombre completo.

—Me gusta el factor sorpresa, y su amigo ha sido un terrible maleducado, así que me he visto en la obligación de venir a buscarlo para terminar nuestra conversación. – Ingrid sabía que el que le respetaran dependía completamente de la actitud segura y altiva que ella mostrase. Lo mismo que había encandilado a Prudence bien podría cautivar a un puñado de estudiantes un tanto ebrios. – Y ¿usted es…?

— Sean Morrison, señorita Bennet — el chico le devolvía la sonrisa abiertamente. – Ellos son Henry Jackson, James Allen y Hugh Carson. Todos a su servicio.

—¿Serían tan amables en ese caso de servirme una copa de ese whisky que tienen ahí? ¿escocés? – Sean se apresuró a pedir un vaso para ella y le sirvió un chupito. Todos la observaban con curiosidad. Ingrid dio un trago, y les dedicó una sonrisa encantadora — ¿Cuáles son sus campos de estudio?

En aquel momento Nathaniel entró en el bar. A diferencia del muchacho inseguro que había aparentado ser, entró saludando y lanzando besos a un par de chicas, sonriendo ampliamente. *Así que no soy la única farsante.*

La sonrisa se le borró del rostro cuando la vio sentada entre sus amigos. Se encaminó hacia ellos lentamente, con los ojos entrecerrados, evaluando la situación.

—Señorita Benett ¿Tantas ganas tenía de volver a verme que no ha podido esperar hasta mañana? – dijo, a modo de mofa. Cogió una silla, y se sentó al otro lado del círculo, frente a ella. Se sirvió un chupito de whisky y se lo bebió de un trago.

—En realidad les estaba explicando a sus amigos lo mal educado que ha sido, dejándome con la palabra en la boca. Ya veo lo ocupado que está, y los muchos compromisos que tiene, por otra parte.

—Tengo una relación seria con la botella, y soy un hombre fiel, nunca falto a mis citas. – Le dirigió una mueca burlona, pero Ingrid estaba lejos de dejarse achantar por un niñato.

—Y tan seria, ya que le hace ser lo suficientemente estúpido para rechazar una cuantiosa cantidad de dinero por su trabajo. – Se hizo el silencio. El resto contemplaba el duelo verbal como si de un partido de tenis se tratara, mirándolos a ambos intermitentemente y sin pronunciar palabra.

—En ningún momento ha hablado usted de dinero – respondió al fin, sosegadamente.

—No me ha dado la oportunidad. Sinceramente, pensaba que los avances científicos le interesaban más que el dinero. Veo que me he equivocado. Tal vez debería buscar a otro, al fin y al cabo. El señor Levi estará profundamente decepcionado, pero lo entenderá.

—No veía cómo iba usted a manejar los asuntos económicos de la empresa.

—Claro que no. Sólo soy una mujer estúpida, ¿por qué iba a saber contar siquiera? – Ingrid escupió las palabras con ira, satisfecha de ver la lividez que estaba invadiendo el rostro de Nathaniel. Esta vez fue su turno de apurar el vaso. Sean se apresuró a rellenárselo.

Se quedaron unos segundos en silencio, mirándose a los ojos, desafiantes. Ingrid se daba cuenta de que no estaba acostumbrado a que lo llamaran estúpido, pero tampoco ella, y había empezado él. No iba a quedarse callada. La tensión podía cortarse con un cuchillo.

—Cuidado, señorita Bennet – dijo al fin, casi en un susurro – No estamos en su barrio elegante.
—Cuando se queda sin argumentos ¿recurre a la amenaza? – Se burló Ingrid – Eso sí que es poco elegante, y no este barrio. – No estaba segura de hasta dónde podía presionarlo. Era evidente que se estaba enfureciendo. Tal vez el Nathaniel de 155 años fuera paciente y equilibrado, pero había tenido más de un siglo para entrenarse. En cambio el muchacho que tenía delante era arrogante y pagado de sí mismo y su inteligencia. No habría mucha gente que le desafiase, y menos aún una mujer.
—¿Quiere hablar? Muy bien. Hablemos – Se levantó, la agarró del brazo y la obligó a levantarse. Ingrid se zafó.
—No me toques.
—Mi territorio, mis reglas, señorita Elisabeth Bennet. En este bar todas las chicas se venden, ¿cree que alguien va a hacer algo para evitar que la saque a rastras? – volvió a agarrarla del brazo, y la sacó a la calle.
—¡Suéltame! ¡Me estás haciendo daño! – Ingrid le propinó un empujón y consiguió que la soltase y se tambalease. Se enderezaron ambos y se desafiaron con la mirada, pero Nathaniel, tal vez impresionado por la fuerza del empujón la miraba con menos rabia y más desconfianza. Sin embargo, no hizo ademán de volver a agarrarla.
—¿Cree que puede venir aquí y humillarme delante de mis amigos porque no he querido escuchar sus tonterías? ¿Quién se cree que es, la reina de Inglaterra? Entra aquí dándose aires de grandeza y pavoneándose como si fuera la dueña del mundo y tuviera que obedecerla.
—Tú me has humillado en mi casa, no te hagas la víctima.
—¿Ya nos tuteamos, Elisabeth? ¿Puedo saber a qué se debe esta confianza? ¿Acaso nos conocemos y no lo recuerdo?
Ingrid se mordió la lengua. El joven era mucho más difícil de lo que había pensado, y tenía ganas de pegarle un puñetazo. En cambio, sacó un puñado de dólares de su bolsillo. Estaba segura de que era una pequeña fortuna para la época.

—Yo soy la que paga, así que no vuelvas a tocarme y trátame con respeto. Eso es lo que creo que soy. El dinero. Y como has dejado bien claro ahí dentro, es lo que te interesa.

Nathan la miró ceñudo. Pero aceptó el dinero y tras guardárselo en el bolsillo se cruzó de brazos.

—Habla, mecenas, te escucho.

—Bien – Ingrid tomó aire — ¿Qué sabes del lenguaje?

—¿Perdona? Soy científico, no lingüista.

—El señor Levi ha descubierto cómo el lenguaje es capaz de modificar las partículas que componen las cosas. Es un estudio muy nuevo, y no hay casi nadie que esté al tanto. Es un avanzado a su tiempo. Le he visto hacer cosas increíbles. ¿Quieres participar en el proyecto? No tendrás que dejar la universidad, ni nada.

—¿Quieres decir que ha descubierto cómo las ondas del sonido empujan la materia y hace que se desplace? – Nathan la miraba suspicaz.

—Algo parecido. ¿Te interesa?

—Suena interesante. Y si me vais a pagar así, no pierdo nada intentándolo – se encogió de hombros.

—Eso es un adelanto. Puedes venir a mi casa el martes después de tus clases. Te explicaré todo en más profundidad. Y Nathaniel, — le dirigió una mirada amenazadora — no vuelvas a jugar conmigo. Tal vez puedas hacer que esas chicas que se sonrojan bailen al son de tus pasos, pero no te va a funcionar conmigo.

—Eso te lo concedo, no eres una mujer convencional, Elisabeth Bennet. – Ingrid creyó percibir un atisbo de sonrisa en su rostro – ¿Necesitas que te acompañe?

—¿Ahora vas a comportarte otra vez como un caballero? Querido, he venido aquí yo solita. Puedo volver sin ayuda.

***

La fiesta de presentación en sociedad de la prima de Prudence Hall fue, sin lugar a duda, uno de los acontecimientos del año. Todas las personas mínimamente importantes de Filadelfia estaban allí. Y

algunas de otras ciudades. Si la familia de su amiga era adinerada, por lo que le contó, la de su prima duplicaba los ingresos.

Ingrid no se sentía muy inclinada a ir, pero por supuesto la joven insistió tanto que acabó cediendo, a pesar de no conocer a nadie más allá de los tres Hall, y sentirse como una intrusa.

Prudence hizo pucheros, y no pudo negarse a la petición efectuada por aquella cara de ángel.
Entendía a la perfección por qué siempre conseguía lo que quería. Tenía la intuición de que llegaría a ser alguien en el movimiento sufragista.

Decidió ponerse el vestido de fiesta que aún no había estrenado. Era de un color rojo sangre que contrastaba con la palidez de su piel. Aunque los atuendos de aquel siglo seguían resultándole tremendamente incómodos, había que reconocer que eran favorecedores, ya que disimulaban la mayoría de supuestas imperfecciones que una creyera tener. Se puso unos guantes a juego y decidió soltar uno de sus rizos, que ya pugnaba rebelde por escaparse de su moño.

Felina la esperaba al pie de la escalera. No había vuelto a mencionar nada referente a Nathaniel, pero se la veía extremadamente satisfecha de que fuera a volver la semana siguiente, aunque ella siguiese sin encontrar a Abraham Levi.
—No vuelvas muy tarde, mañana tendremos que preparar una estrategia para la visita de padre. Tendremos que redactar al menos una parte teórica del tratado.
—Sí, mamá. A la media noche entraré por la puerta cuando suenen las campanadas.
—No te burles.
—¿Y me lo dices tú? — Ingrid sonrió. Se estaba acostumbrando a las formas bruscas de Felina. Aunque no fuese la mejor de las compañías, había dejado de resultarle irritante.

Llegó a la lujosa mansión de la familia Hall en Filadelfia cuando Abigail, la prima de Prudence, y sus cuatro amigas bajaban radiantes por las escaleras. Los invitados no les quitaban los ojos de encima. Ingrid siempre había pensado en lo ridículas que habían sido aquellas fiestas, pero podía entender que, en medio de la pompa y la magnificencia, el deslumbramiento fuera tal.

Prudence se mantenía pegada a la pared, en un segundo plano. Estaba sola, en las sombras, y no había rastro de sus padres. Sonrió al verla llegar.

—Mi tía me ha pedido que me quede detrás. Le daba miedo que le robara protagonismo a Abigail. No sé por qué, está preciosa – Y lo estaba.

Pero era evidente que ella le daba varias vueltas a su prima pequeña. Estaba espectacular con un vestido violeta con detalles plateados bordados en el corpiño.

—¿Dónde están el señor y la señora Hall?

—Lejos de mí. He tenido una pelea con mi madrastra nada más llegar, y le he hecho sufrir un ataque de nervios. Mi padre está tranquilizándola en algún rincón. Se lo están perdiendo todo. A él no le va a gustar. Abigail es su ahijada.

—¿Lo haces a propósito?

—¿El qué? ¿Escandalizarla? – Prudence soltó una risotada burlona – A veces sí, no te voy a engañar, pero no siempre. Ésta vez no ha sido intencionado.

—Y ¿qué ha pasado?

—Un joven ha venido a invitarme a una velada de magia y espiritismo y no sé qué otras cosas más. Al parecer un ilusionista famoso llega a la ciudad esta semana. Iba a declinar, pero me he dicho ¿por qué no? Puede ser divertido. No tengo ningún interés en Adam Grant, pero es el plan más original que un hombre me ha ofrecido hasta la fecha.

—Y no le ha gustado.

—En cuanto el pobre Adam se ha dado la vuelta, tan satisfecho por su triunfo, ha empezado con sus sofocos. Qué cómo se me ocurre aceptar una cosa como esa. Que lo adecuado hubiese sido quedar con una carabina y a la luz del día, no para actos de ocultismo por la noche. Mi padre la ha visto tan histérica que también me lo ha reprochado. Así que ya veremos si puedo convencerle de que no me encierre en casa la noche del viernes, y me deje ir a ver el espectáculo del señor Levi – Ingrid se quedó congelada.

—¿Qué has dicho?
—Que espero que no me encierre…
—No, no – la cortó Ingrid — ¿Has dicho el señor Levi? ¿Te refieres a Abraham Levi?
—Supongo – la expresión de aburrimiento dejó paso a la curiosidad en el rostro de la joven. —¿Lo conoces?
—¡Sí! ¡Me encanta su show! Es el mejor ilusionista que he visto en la vida, vi su espectáculo en un par de ocasiones en Chicago. Vamos a hablar con tu padre ahora mismo.
Yo seré tu carabina, lo siento por Adam Grant, pero estaré allí para velar por tu honor.

***

—¡Felina! – Entró atropelladamente en casa y cerró de un portazo — ¡Lo he encontrado!
—Aún no han dado las campanadas y ya has llegado. Qué responsable. Todavía tienes veinte minutos. – Asomó la cabeza por la puerta de la sala. Por sus ojos entrecerrados, debía de haber interrumpido una de sus siestas frente a la chimenea.
—¡He encontrado a Abraham Levi! – sus ojos se abrieron como platos y se le ensancharon las pupilas.
—¿Dónde?
—Es un ilusionista famoso, o algo por el estilo. Actúa en una sala en el centro y han invitado a Prudence.
—Y, en consecuencia, a ti.
—Te dije que hacer contactos era importante – canturreó Ingrid, agarrándose a la barandilla de la escalera y fingiendo que bailaba.
—Ni tú misma estás creyendo la suerte que estás teniendo. – Felina intentaba mantener el gesto de indiferencia en el semblante, pero una especie de ronroneo la delataba – Has convencido a Nathaniel de que venga, has encontrado a Abraham Levi, y te has ganado a la chica más solicitada de la costa este de Estados Unidos, lo que te da pase a cualquier evento que desees. Me pregunto qué va a salir mal.
—No seas aguafiestas.

—Es tener demasiada buena racha. – en ese momento alguien llamó a la puerta. —¿Lo ves? Ahí están nuestros problemas.
—Señorita Bennet – Era Nathaniel, y la forma de arrastrar las palabras indicaba que su relación con la botella había pasado a mayores. Ingrid se quedó pasmada, mientras Felina huía escaleras arriba – Ábrame la puerta, que veo luz. Sé que está ahí. – Hablaba tan alto que Ingrid temió que alguien le oyera en las casas contiguas. Se apresuró a abrir la puerta.
—Señor Hawk, no le esperaba a usted hasta el martes. – Sonrió, intentado mantener la compostura.
—¡Qué vestido tan bonito, le sienta divinamente!— se recostó contra el marco de la puerta. Apestaba a whiskey y no parecía estar en plenas facultades, al menos la de mantenerse erguido brillaba por su ausencia — ¿Viene de una fiesta? ¡Yo también!
—No lo jure. – Siseó, Ingrid, entre dientes, mientras el joven pasaba por su lado trastabillando por el vestíbulo y apoyándose en la barandilla de la escalera, donde ella se mecía instantes atrás celebrando su victoria.
—¿Qué pasa? ¿Es que en sus fiestas de gente elegante y rica no sirven alcohol?
—Sí sirven, señor Hawk, pero la gente sabe controlarse mejor.
—Menudo sinsentido. Si el alcohol es precisamente para descontrolarse. ¿Por eso ha vuelto tan pronto a casa? ¿Por qué se aburría entre esa panda de estirados?
—No, señor Hawk. Mañana tengo quehaceres y he ido a la fiesta por puro compromiso. ¿Qué hace usted en mi casa a estas horas?
—Pues verá – se sentó en el primer escalón, incapaz de seguir aguantando su propio peso. Ingrid se preguntó cómo habría llegado hasta su casa – Estaba con mis amigos, dándole vueltas a por qué me ha elegido usted a mí en vez de a un reputado científico, y me han animado a venir a preguntarle. Y me he dicho ¿Y por qué no? Ella viene a mi territorio cuando le viene en gana. Voy a dejar de darle vueltas a la cabeza. Y aquí estoy.
—No creo que por venir a verme vaya a dejar de darle vueltas la cabeza, me temo – Ingrid se cruzó de brazos.

—Un juego de palabras muy bueno, es usted muy lista, señorita Elisabeth Bennet, pero estoy borracho, no me he vuelto tonto de repente. Así que responda a mi pregunta.
—¿Pasamos al salón?
—Estoy bien aquí.
—Bueno, pues yo no. – Entró en el salón y se sentó en el sofá frente al fuego. Lo oyó rezongar, pero acabó siguiéndola.
—Tengo otra pregunta, en realidad. ¿Quién es usted y de dónde ha salido?
—Elisabeth Bennet, y he salido de Chicago. Y respondiendo a su primera pregunta, le he elegido a usted porque sus notas son muy buenas y demuestra usted talento, pero no es todavía un reputado científico al que me sea difícil acceder.
—Hay muchos estudiantes buenos. No responde a mi pregunta. ¿Por qué me ha elegido?
—Porque es el que mejor cuadra con los intereses del señor Levi. He estudiado a varios de sus compañeros, pero usted es el que mejor encaja. ¿Qué quiere que le diga? No sé desde cuándo los mecenas tienen que justificar nada ante la gente a la que pagan.
—Y yo no sé desde cuándo las mujeres mangonean a los hombres, y sin embargo, aquí está usted, y aquí estoy yo. – Cada vez estaba más recostado en el sofá. No sabía que iba a hacer con él si se quedaba dormido.
—Las mujeres siempre han mangoneado a los hombres, aunque sea de manera más o menos abierta, no se engañe – sonrió, divertida.
Nathaniel pareció no tener nada más que añadir, y en silencio, se dedicó a echar un vistazo a su alrededor.
—¿Vive usted aquí sola?
—No, con mi hermana pequeña, que está durmiendo arriba, si no la ha despertado usted con sus voces.
—¿Y no tiene marido, ni hijos?
—Soy viuda. Mi marido murió poco después de casarnos.
—¿Y no se casa otra vez? Parece muy joven.
—No, no me interesan unas segundas nupcias.
—¿Es la amante del señor Levi?

—¿Disculpe? – Aquello pilló a Ingrid completamente por sorpresa.
—No sé, no acabo de entender la relación que tiene con él. Usted es rica, tiene una mansión, y sin embargo trabaja o patrocina a un científico. No se me ocurre otro motivo.
—A diferencia de usted, señor Hawk, no todos los hombres piensan que sea imposible trabajar con una mujer. Y ahora, si no tiene ninguna pregunta que añadir a su interrogatorio, le pediría que se retirase.
—¿Podría pedirle un vaso de agua antes de marcharme?

Ingrid suspiró, y agarrándose las faldas se apresuró a ir a la cocina. Nathaniel le había advertido que en su juventud había sido un mujeriego borracho, pero no le había dicho nada de lo atrevido que había sido.

Cuando volvió al salón con el vaso, oyó un ronquido. El joven había terminado de caer largo en el sofá, y se había quedado dormido. Puso los ojos en blanco, con sentida resignación, y fue a buscar una manta. Le tapó cuidadosamente, y subió a su habitación.

Cuando a la mañana siguiente bajó las escaleras, la chimenea se había apagado, y el cuarto estaba completamente helado. Nathaniel no estaba, pero había dejado una nota sobre la manta perfectamente doblada.

Lamento profundamente mi comportamiento. El martes me presentaré a las cinco en punto de la tarde si aún sigue pensando que soy el candidato adecuado.

***

Pasaron el domingo redactando lo más claramente posible la teoría que Nathaniel le había explicado en el presente. Felina sabía bastante más de lo que había imaginado. Empezó a dictarle cosas, mientras Ingrid escribía frenéticamente, tratando de entender algo de lo que le decía, pero le resultó harto complicado. Sólo consiguió que le doliera la cabeza además de la mano de escribir. Para cuando el sol empezó a descender, tenían un montón de papeles extendidos sobre la mesa del comedor, llenos de líneas de letra difusa y garabatos. Ingrid no había sentido tanta presión desde que había hecho el trabajo de fin

de carrera a contrarreloj. Se frotó los ojos y miró a algún punto en el horizonte a través del cristal de la ventana. Estaba empezando a nevar.

Nathaniel se presentó a las cinco en punto del martes, sereno y serio, y perfectamente arreglado. Ingrid no hizo ninguna referencia a lo ocurrido la noche pasada, y él pareció agradecerlo. Se trataron con cortesía y corrección.

—He intentado resumir la teoría de la investigación que estamos llevando a cabo, pero yo no soy el cerebro de la operación, así que no espere gran cosa. Supongo que al menos le orientará algo, si es que entiende mi letra – le dijo, señalado el fajo de papeles apilados sobre la mesa – prepararé té mientras los lee.

El joven se tomó tiempo en leer con dedicación cada una de las páginas que Ingrid y Felina habían redactado. Ella esperó en silencio en el sofá, con la vista perdida en las llamas mientras él se levantaba y se paseaba reflexionando mientras leía.

Finalmente oyó una respiración profunda, y sus pasos cesaron en la alfombra. Se sentó frente a ella, y permaneció unos segundos en silencio, observándola.

—Lo que ha escrito es sumamente interesante, señorita Bennet, aunque suena un poco a cosa de magia. Pero supongo que todos los grandes avances han sonado a magia antes de llevarlos a cabo. Me interesa la investigación. Pero no tengo ni idea de por dónde empezar.

—Es posible que el señor Levi esté ya en la ciudad la semana próxima, él podrá enseñarle mucho más que yo.

—¿Realmente ha visto la transformación de la materia? – No acaba de parecer convencido.

—Con mis propios ojos. Entiendo su suspicacia, puse la misma cara cuando me lo plantearon a mí por primera vez. Siento no poder hacerle una demostración.

—Y ¿qué vamos a hacer hasta que llegue el señor Levi? ¿Practicar conjuros?

—No, señor Hawk. Los conjuros son de nivel avanzado en la ciencia de la Alquimia. –Ingrid sonrió. Tal vez no estuviera convencido, pero al menos parecía abierto a aceptar la idea.

—Así que esto es Alquimia. Me iba a decantar por la física o la química, pero supongo que esto es un complemento adecuado. ¿Viviré para siempre? ¿Podré fabricar oro? Esas son las cosas que se hacen en la Alquimia ¿no?
—Esas son las cosas más famosas, sin duda. Todo dependerá de su habilidad.
—Soy su elegido, así que por fuerza tengo que ser habilidoso. Al fin y al cabo, usted nunca se equivoca ¿no? – preguntó con sorna.
—Es maravilloso que por fin lo haya comprendido. – Ingrid se recostó en los cojines y le dedicó una sonrisa socarrona.
—Bueno, ¿y cuál es el primer paso?
—La teoría, señor Hawk, la teoría. ¿Cuántas lenguas conoce?
—Además de inglés, estudié latín y francés en la escuela.
—No es un mal comienzo. ¿Cuál considera usted que es la mejor biblioteca de Filadelfia?

8

Lo primero que le había impactado cuando entró al laboratorio de Nathaniel en su mansión de Inverness, fue la cantidad de diccionarios y gramáticas que tenía, además del mapa del lenguaje. Su intuición le decía que, si quería conseguir que el alquimista desarrollara su habilidad manipulando la realidad, debía comenzar a desarrollar sus habilidades lingüísticas. Al menos eso lo mantendría ocupado durante el tiempo necesario para que ella tuviera oportunidad de conocer a Abraham Levi y convencerle de que se encontrara con Nathan.

El martes fueron a la Biblioteca Pública de Filadelfia, un edificio de estilo arquitectónico neoclásico, elegante y enorme, de reciente inauguración. Ingrid sabía que la lingüística como ciencia aún no se había desarrollado propiamente, así que lo más seguro era que no encontraran ningún tratado de Sánscrito o alguna referencia al Indoeuropeo, pero confiaba encontrar algo de Griego y Latín que les pudiera servir de ayuda para comenzar.

Nathan la seguía silencioso a través de las estanterías, observándola con curiosidad entre los claroscuros de aquel templo de libros. Había estado particularmente silencioso. Ella no pudo creer su buena suerte cuando encontraron, además de los pertinentes de lenguas clásicos, un manual bastante arcaico de introducción a las lenguas indoeuropeas y otro de Sánscrito.

Cargaron con los libros hasta casa y los extendieron sobre la mesa.

—Parece que han adelantado la Navidad y que ya ha recibido sus regalos – comentó Nathaniel, divertido, mientras ella comenzaba a ojear las páginas.

—No esperaba encontrar ninguna referencia al indoeuropeo, me contentaba con algo de sánscrito, y hemos encontrado de todo. No sabes la suerte que hemos tenido.

—Sin duda, yo ni siquiera había oído hablar del indoeuropeo. ¿Qué es?

—Se trata de una familia lingüística que englobaría a las lenguas más antiguas que se conocen: sánscrito, persa, griego y latín. Eso significa

que hay una hipótesis de un origen común de esas lenguas, ya que comparten ciertas similitudes, y de ellas han evolucionado el resto de lenguas que conocemos hoy en día.

—Es decir, que puede intuirse el origen del lenguaje antes de Babel.

—Bueno. – Ingrid levantó la cabeza, meditabunda. – No contaba con la referencia Bíblica, pero es una manera de decirlo. Nos acerca a los orígenes del lenguaje humano, y por qué empezamos a poner nombre a las cosas que nos rodean. Es eso lo que nos diferencia del resto de los animales, nuestra capacidad de usar el lenguaje. ¿En qué momento decidimos que ciertos sonidos designan ciertas cosas? ¿En qué momento y cómo nuestro pensamiento empieza a desarrollarse conforme a esos sonidos, y empezamos a entender el mundo que nos rodea en relación a esa estructura lingüística?

—El señor Levi será un gran científico, pero empiezo a entender su parte en toda esta ecuación – Había cierta admiración en su voz, por primera vez.

—Gracias. – Ingrid se sonrojó levemente, y volvió a mirar al libro que tenía delante – Si conseguimos un código de sonidos adecuado que haga referencia a la misma cosa, el sonido que designa a la esencia de lo que tenemos delante, nos apoderamos de ella, y por tanto, somos capaces de transformarla en lo siguiente que nombremos. Esa es la base de la investigación que estamos llevando a cabo.

—Y para eso tengo que empezar a estudiar todas esas lenguas muertas que usted se ha empeñado en resucitar.

—Además de algo de historia sobre la alquimia. – La joven sacó un pequeño libro de debajo de un enorme diccionario de griego – La alquimia ha sido una ciencia que se ha practicado desde el origen de los tiempos en culturas muy antiguas. La parte que vamos a trabajar es una ramificación, pero no te vendrá mal saber todo lo que se ha hecho.

Las oscuras tardes de aquella semana de diciembre las pasaron a la luz de la lumbre, enterrados entre montones de libros y manuscritos. Si era cierto que ella estaba allí para asistir a Nathaniel y ayudarle a progresar, estaba disfrutando enormemente de la investigación. Pasaban horas leyendo e intentando pronunciar palabras que ni siquiera sabían leer. Era divertido.

Cuando Nathaniel se iba, Felina bajaba rápidamente para que le contara detalladamente todo lo que habían hecho.

—El viernes no podrá venir. Tengo que asistir a un evento. – Le informó una tarde, aclarándose la garganta.

Prudence se había estado quejando de que no había ido a verla en toda la semana. Y tenía que asegurarse de que estaba dispuesta a ayudarla a conocer a Abraham Levi fuera del escenario.

—No voy a preguntar sobre su doble vida, señorita Bennet.

—¿Doble vida? – Ingrid se sorprendió — ¿Qué doble vida?

—¿Qué cara cree que pondrían sus amigos de la alta sociedad si supieran que un joven estudiante de ciencias, de clase inferior, viene aquí cada tarde y se queda hasta que anochece?

—No me importa mucho lo que piensen. Sólo tengo una amiga en realidad, y asisto a estos eventos por ella, así que no creo que me criticase, en ninguna situación. Nos profesamos mutua lealtad. En cualquier caso, no creo que nadie encontrase escandaloso el hecho de leer diccionarios.

—En verdad me pregunto de dónde ha salido usted. – Nathan negó con el cabeza, divertido — ¿No le importan nada las reglas de la sociedad? Lo escandaloso es que estemos usted y yo solos en su casa. Los diccionarios no le importan a nadie.

—Me importan a mí. Y me importan mucho más que las estúpidas normas de comportamiento que tiene esa gente.

—¿Lo ve? Ya lo ha hecho otra vez. Habla de ellos como si no fuese parte de ellos, sin embargo, se viste como ellos, vive como ellos y se mueve entre ellos.

—Porque es conveniente. – Ingrid se encogió de hombros – Abre las puertas y da acceso a donde quiera llegar. Pero no me siento parte de ellos.

—Y ¿de qué se siente parte? – Nathaniel jugaba con el sombrero sin ponérselo, reticente a marcharse aquella noche.

—De esta investigación.

—¿Sabe? Esta asociación podría perjudicarla mucho a usted. Mis amigos no hacen más que interrogarme acerca de su persona, y hay mil preguntas que no sé responder. Y, sin embargo, usted se juega su

posición para ayudarme a formar parte de algo que podría lanzar mi carrera ¿Por qué?
—Nathaniel, esto ya lo hemos hablado. Es usted el candidato…
—No, Elisabeth – se acercó un poco más a ella, y de pronto le pareció más alto e imponente de lo que era – lo que pregunto es qué lleva a una mujer viuda, joven y rica a meterse en algo como esto arriesgando todo lo que tiene. ¿Qué le mueve?
—¿Qué le mueve a usted, sino la necesidad de descubrir cosas nuevas? ¿Por qué no puede ser igual para mí? Y no estoy arriesgando nada. Si aquí me sintiese incómoda, me iría a otra ciudad. Nada me ata aquí. Me iré, tarde o temprano. No está en mis planes quedarme en Filadelfia.
—Es usted un misterio. No sé cómo crecen las mujeres en Chicago, y si usted es también una excepción allí, pero puedo jurarle que no he conocido a una mujer que se pareciera tanto a un hombre.
—Me lo tomaré como un halago.
—¿Sabe la impresión que causó cuando se sentó en medio de un grupo de hombres a beber whisky y a desafiar a uno de ellos?
—Sé que a usted le causé una impresión desagradable, pero váyase acostumbrando. Los tiempos cambian.
—No me causó una impresión desagradable, – parecía contrariado – si no, no hubiese venido, ni me hubiese dignado a hablarle en aquel momento. Me desconcertó, es cierto, pero nunca he pensado de usted que fuera desagradable.
Se hizo un silencio entre ambos.
—Bien, buenas noches, señor Hawk. Nos vemos el lunes. – Ingrid cerró la puerta, y suspiró al recordar las palabras de Felina, que se repetían con una vocecilla molesta en su cerebro: *Se va a enamorar de ti.* Y no sabía cómo sentirse al respecto.

***

Adam Grant era un muchacho bien parecido, de pelo cobrizo y ondulado, y ojos oscuros y chispeantes. Alto y de aspecto atlético, paseaba henchido de orgullo con la grácil Prudence a su lado. Ella parecía más bien aburrida. Ingrid la rescató pidiéndole que la acompañara al tocador.

—Tal vez si escuchases algo de lo que te dice no te aburrirías tanto, – le sugirió, divertida – o podrías hablarle tú.

—¿Sobre qué? ¿Le suelto un discurso sobre el voto femenino? No tenemos nada en común.

—Y, sin embargo, aquí estás, por decisión propia. Tampoco conoces al muchacho, Prudence. Las sufragistas también necesitan apoyos en el sector masculino. ¿Por qué no haces campaña a tu favor?

—No hablas en serio, Elisabeth. El pobre tonto me exhibe como un trofeo. – Suspiró – Será mejor que salgamos, no quiero perderme el comienzo, y supongo que tú menos.

No era un teatro muy grande, pero estaba abarrotado. Adam las esperaba en el palco, guardando con celo sus asientos. A pesar de lo que dijera Prudence, el chico no parecía tonto en absoluto, a pesar de estar pletórico por el hecho de que la inaccesible señorita Hall hubiese aceptado acompañarlo. Parecía haber comprendido también, que ganarse el favor de su amiga viuda podía darle puntos para ganarse el corazón de la joven.

—¿Echa de menos Chicago, señorita Bennet? – preguntó educadamente, cuando ella se sentó a su lado.

—Sí, aunque extraño más a las personas que a la ciudad en sí.

—Es comprensible. He oído hablar de una escuela de arquitectos muy activa que está cambiándole la cara a la ciudad.

—Así es. ¿Le interesa a usted la arquitectura, señor Grant?

—En realidad me interesan todos los cambios que se están produciendo en el país, señorita Bennet. Estudio Filosofía, y me interesa en especial la política.

—Y ¿qué opina de los cambios a nivel político que están exigiendo algunos sectores de la población?

—¿A qué se refiere en concreto? – Adam parecía deleitado de que alguien, al fin, le diera conversación durante aquella velada.

—A la demanda de voto femenino.

—Es interesante, sin duda. Las mujeres han estado siendo muy activas en las clases trabajadoras, con todas las fundaciones que han desarrollado para ayudar a los más desfavorecidos, por ejemplo. Son una parte cada vez más activa de la sociedad, así que no me resulta sorprendente que la demanda sea cada vez más y más intensa.

Prudence lo miraba de hito en hito. Las luces se apagaron y alguien les chistó para que guardaran silencio. Ingrid sonrió en la oscuridad.

Abraham Levi salió al escenario disfrazado de oriental, por lo que le fue imposible vislumbrar su verdadero aspecto. Combinados con una bien calculada teatralidad, sus trucos eran en efecto magníficos. Hasta su escéptica amiga parecía estar sinceramente anonadada. Hizo algunos trucos clásicos de ilusionismo y magia, llevados a cabo de forma brillante, haciendo aparecer y desaparecer distintos objetos, creando la ilusión de que podía hacer florecer una planta... Pero entre todo aquello, Ingrid percibió algunos vestigios de lo que ella había visto en el laboratorio de Nathaniel. Aquel hombre era sin duda un alquimista encubierto. No le quedó ninguna duda cuando le vio manipular un adorno metálico para convertirlo en una moneda, mientras el público ahogaba murmullos de asombro, al contemplar el proceso completo de transformación.

Cuando las luces se encendieron, Ingrid miró ansiosa a su amiga.

—Prudence, tengo que hablar con él. ¿Por dónde se baja a los camerinos?

—Elisabeth, no hablas en serio, no puedes bajar al sótano del teatro.

—Vaya, señorita Bennet, me habían dicho que era usted una gran admiradora, pero ¿tanto? – Adam la miraba con un gesto entre la risa y el asombro.

—Prudence, es muy importante. No preguntes, pero necesito hablar con él. – Pedirle a Prudence Hall que no preguntara era una evidente mamarrachada, pero tal vez por la urgencia que detonaba su voz, la joven se limitó a asentir.

—Señor Grant, ¿nos acompaña o nos espera a la salida?

Adam puso cara de resignación, pero las siguió en su camino al subsuelo. La gente las miraba extrañada. Alguien intentó detenerles cuando se movían entre bambalinas, pero Prudence se deshizo de él de forma encantadora. Llegaron a la salita que hacía las veces de camerino. Ingrid llamó a la puerta, y los dos jóvenes se mantuvieron en un segundo plano.

La puerta se abrió y la cabeza de un hombre extremadamente maquillado y con peluca se asomó. Verlo de cerca no impresionaba tanto.

—¿Sí? — pareció sorprendido al verlos.

—¿Señor Levi? Soy una gran admiradora suya. ¿Podría pasar a hablar un momento con usted?

—Disculpe, señorita, pero ha sido una función agotadora. Agradezco la molestia, pero no recibo visitas de admiradores.

—¿Hace cuánto que practica la alquimia, señor Levi? – preguntó Ingrid en un susurro inaudible para Adam y Prudence. Los ojos del hombre se abrieron como platos por un momento.

—Pase – Ingrid hizo un gesto a sus acompañantes para que la esperaran, y entró en el diminuto camerino.

La sala estaba abarrotada de cachivaches, y casi no cabía un alma.

—¿Qué sabe usted de la alquimia? – inquirió el hombre, quitándose la peluca.

Tenía el pelo cano y recio. Su rostro reflejaba auténtica conmoción, como si tratase de ocultarse y alguien lo hubiera expuesto.

—Sé lo suficiente como para reconocerla. – Ingrid hizo una pausa, dubitativa –Mi historia es muy larga, señor Levi, y ahora carezco del tiempo necesario para explicárselo todo con claridad. No deseo causarle ningún inconveniente, pero es vital para mí que conozca a un amigo mío.

—Señorita, no sé ni cómo se llama, ¿por qué habría de confiar en usted?

—Mis amigos de ahí fuera me llaman Elisabeth Bennet, pero mi nombre real es Ingrid Alonso. Como ve, ambos ocultamos nuestra identidad; con una máscara o un nombre falso – él continuó contemplándole, suspicaz.

—¿Para quién trabaja?

—La persona a la que quiero que conozca piensa que para usted, aunque en realidad trabajo para él, solo que él aún no lo sabe.

—No sé qué sentido tiene eso.
—Créame, cuantas menos cosas se plantee de forma lógica en mi historia, mejor para su salud mental.
—Y diciéndome esto pretende convencerme de que la escuche.
—Diciéndole esto, que es la verdad, aunque suene a locura, deseo expresarle mi deseo de serle sincera, para convencerle de que me ayude.
—Como bien ha dicho, me oculto tras una máscara, y Abraham Levi es mi nombre artístico, tengo bastante con ayudarme a mí mismo. No deseo ser encontrado.
—Entonces no me diga su verdadero nombre, pero acceda a hablar conmigo en otra ocasión, se lo suplico. Puedo volver antes o después de su espectáculo en otra sesión, o dígame dónde se aloja y acudiré.
—Mañana al medio día en el café Newport. ¿Sabe dónde?
—Sí.
—Entonces salga, sus amigos se estarán impacientando.
Prudence y ella volvieron en el mismo coche. Adam iba en otra dirección. Su amiga se mantuvo en silencio unos minutos, ceñuda.
—¿Qué ha sido todo eso? – preguntó finalmente.
—¿Qué ha sido el qué?
—Todo eso de entrar al camerino del mago. No te quería dejar entrar, pero les has susurrado algo y ha cedido. Y has estado unos minutos dentro con la puerta cerrada.
—Ya te he dicho que soy una gran admiradora.
—Él no ha reaccionado como si fueses una admiradora al dejarte pasar. No me mientas, Elisabeth.
—No me preguntes cuando te he pedido expresamente que no hagas preguntas, y no tendré que mentirte. Lo siento, Prudence, pero hay cosas que no puedo contarte porque no son mis secretos para ser compartidos.

La joven la miró indignada, y luego miró por la ventana el resto del trayecto. Se despidió con un escueto; buenas noches, y bajó sin mirarla apenas. Ingrid suspiró. Esperaba que se le pasase pronto el disgusto. Era difícil decirle que no. Además, en su fuero interno se moría de ganas de compartir con alguien todo lo que estaba pasando.

Alguien además de Felina, con sus comentarios sarcásticos y su poca empatía. Al menos la chica gata estaría satisfecha sabiendo que había conseguido concertar una cita con el maestro.

***

Cuando llegó al café Newport, Abraham Levi ya la estaba esperando. Le costó reconocerlo sin todo el disfraz. Además del cabello cano y crespo, tenía una nariz prominente que contrastaba con la delicadeza del resto de sus rasgos.

No era joven, pero tampoco excesivamente mayor.

De hecho, no sabría definir qué edad tenía, igual que le había pasado con Nathaniel la primera vez que lo vio. Aparentemente, rondaba los cincuenta, pero sus ojos reflejaban más edad. El secreto del alquimista y la metafórica piedra filosofal.

Ingrid se sentó frente a él.

—Buenos días, señorita... ¿Bennet o Alonso? – inquirió, en un susurro, inclinándose hacia delante y mirándola fijamente.

—Bennet, señor Leví. Éste es un café popular. No sabemos quién podría conocerme.

—Excelente. Soy todo oídos. ¿Sabe? He estado a punto de no venir. Las mujeres guapas son las más peligrosas.

—Gracias por el cumplido, pero no puedo ser peligrosa si no sé a qué tiene tanto miedo ¿no es cierto?

—Eso es mucho suponer. Pero al final he decidido que me arriesgaría, y si algo sale mal, al menos habré compartido una deliciosa comida en compañía de una mujer hermosa. Es un buen final.

—Suena usted tan dramático como halagador. – Ahogó una risa nerviosa. No entendía que era lo que podía atemorizar tanto a aquel hombre como para vivir escondido y pensar que iba a ser asesinado en cualquier momento.

—Es para que le muerda la conciencia en caso de que decida traicionarme.

—Después de oír mi historia, será usted el que tenga el poder de traicionarme. ¿Cuántos años tiene, señor Levi?

—Qué pregunta tan descortés e impertinente.
—Por su apariencia yo diría que ronda los cincuenta, pero apuesto a que tiene unos cuantos más.
—Me conservo bien.
—Tiene medios para hacerlo. – Ambos sonrieron, cómplices. – Bien, señor Levi, ahí va mi sorpresa: Yo nací en 1989.

Abraham Levi se atragantó con el vino que estaba bebiendo, y la miró con los ojos como platos mientras se limpiaba las comisuras de la boca con la servilleta.

—Eso es imposible.
—Eso es imposible ahora, pero los avances científicos que van a producirse en el próximo siglo van a abrir un mundo de posibilidades también en el campo de la alquimia.
—Pero está usted hablando de viajes en el tiempo.
—El hombre que me envía, aquel amigo que le mencioné es un erudito. Probablemente es el hombre más inteligente que he conocido y uno de los más inteligentes que ha existido en el mundo. A la altura de Albert Einstein, aunque usted tampoco conozca a Albert Einstein todavía. Sin embargo, ahora es un joven estudiante de ciencias que necesita un maestro que le inicie en los caminos de la alquimia. Me dijo su nombre y me mandó aquí para encontrarle. Porque usted es su maestro, y es mi misión hacer que coincidan aquí, en este momento.
—Señorita, lo que me cuenta es alentador y aterrador al mismo tiempo. Si yo ya me veo obligado a esconderme, no quiero imaginar el peligro que puede entrañar realizar descubrimientos tales como alterar el tiempo. Me siento dividido. Mi parte científica me dice que me quede, que profundice en todo esto, pero mi parte animal, esa que lucha por sobrevivir, me dicta que me vaya ahora mismo de este restaurante y de la ciudad, para que usted no pueda volver a encontrarme.
—Y ¿a cuál va a escuchar, señor Levi? Ya sé todo eso de que un gran poder conlleva una gran responsabilidad. No es la primera vez que lo oigo.
—Pero ¿en verdad lo sabe? ¿Sabe usted lo que es descubrir algo tan maravilloso y a la vez tan peligroso? Los alquimistas nos hemos visto

perseguidos durante siglos. Nos han presentado como brujos, como amantes de las artes oscuras, cuando todo lo que hemos intentado hacer es dar luz al mundo oscuro del hombre. Si alguien conociera el poder de alterar el pasado, además de alterar otras cosas, no sé lo que podría significar. A mí ya me persiguen y sólo soy capaz de cambiar el estado de cosas materiales. – Abraham Levi siseaba con furia. Ingrid se removió incómoda en el asiento. Sabía todo aquello, pero no había dedicado tiempo a reflexionar sobre ello. – Tal vez lo mejor para el mundo sea que su amigo y yo no nos conozcamos. Por seguridad.
—Señor Levi. El ser humano va a hacer cosas atroces con su ayuda o sin ella. Tenemos una imaginación especialmente creativa para la destrucción. ¿Son malos los descubrimientos, o el uso que se hace de ellos? El descubrimiento en sí no es malo ni bueno, es un hecho, algo nuevo. Somos nosotros los que hacemos un mal o buen uso.
Pero si no sé le da la oportunidad de salir a la luz, tampoco avanzamos hacia nada.
—Señorita Bennet. ¿Por qué se cree que me dedico al ilusionismo? Porque no hago daño a nadie. Hace tiempo que dejé de lado mis investigaciones por un simple motivo. No creo que el ser humano esté preparado para gestionar esos avances.
—Y sin embargo está aquí.
—Nunca digo que no a una mujer guapa.
—Deje de mentirme. Los dos sabemos que no es así. Puede ser usted un cínico, pero los dos sabemos que cuando uno descubre ciertas cosas, la sed de saber más es más fuerte que cualquier miedo.
—La sed puede controlarse.
—¿Va usted a pensarlo, al menos?
—Si me dice su dirección, le enviaré una respuesta por correo, tanto si es afirmativa como negativa, a lo largo de la semana.

Al llegar a casa, Felina la esperaba expectante. Desde que no salía a buscar a Abraham Levi se dedicaba a pasar los días espiando a Nathaniel, pero la nevada de la última noche parecía haber servido como elemento disuasorio, forzándola a quedarse acurrucada en casa.
—¿Cómo ha ido?

—Ese hombre está muerto de miedo. Algo le ha pasado. No le hace mucha gracia la idea de verse involucrado.
—¿Pero le has contado todo?
—A grandes rasgos.
—Y ¿aun así te ha dicho que no?
—Me ha dicho que se lo pensará. Lo que significa que voy a tener que entretener a Nathaniel entre diccionarios una semana más hasta que obtenga una respuesta, al menos.
—No te costará mucho, está muy entretenido en esta casa. – Felina sonrío con auténtica picardía, e Ingrid se dio cuenta de lo mucho que estaba mejorando en sus expresiones faciales humanas.

9

Nathaniel se presentó el lunes a las cinco, religiosamente. Parecía especialmente contento, emanando aquel entusiasmo infantil tan característico en él. Entró precipitadamente en la casa, colgando el abrigo y el sombrero sin ningún cuidado y abalanzándose sobre los libros vorazmente.

—He tenido una idea. ¿Por qué no buscamos la raíz de las palabras más básicas, como alimentos y agua, e intentamos localizar el sonido común a todas las lenguas? Es decir: son las cosas más necesarias, a las que el hombre daría nombre primero ¿no?

—No podemos buscar sólo la raíz, es más complicado. Verás, a lo largo de los siglos, los lenguajes han ido evolucionando fonéticamente, así que sólo podemos elucubrar sobre su pronunciación original. Se llama diacronía.

—¿Sabes lo que he estado pensando? – La energía del joven era extremadamente contagiosa, e Ingrid no pudo evitar sonreír.

—¿Qué?

—Dos cosas. Una que Cristo era alquimista, y dos, que me gustaría invitarte a cenar.

—¿Qué pinta Cristo en todo esto? – preguntó ella, incapaz de digerir la segunda pregunta.

—Convirtió el agua en vino, ¿no? Duplicó panes y peces, caminó sobre las aguas…

—¿Sabes que la Biblia tiene una interpretación metafórica? – *Por favor, que se concentre en el debate teológico.*

—Las leyendas se basan en algo, Elisabeth, y eso me lleva a querer experimentar esas posibilidades.

—Vale, Mesías, puedes intentar lo que quieras, pero asume que aún no sabes lo suficiente como para que te salgan los milagros. – Nathaniel rompió a carcajadas.

—Ese humor. Harías que cualquier madre se escandalizara. Pero deja de obviar mi segunda pregunta ¿quieres cenar conmigo?

—No lo sé, Nathaniel, no creo que sea adecuado. – Ingrid se retorció las manos, nerviosa.

—¿Por qué no? – parecía ciertamente contrariado.

Si bien era cierto que en las últimas semanas habían congeniado y había surgido entre ellos una evidente camaradería, estaba segura de que no le había dado a entender que las cosas no iban por esos derroteros.

—Se me ocurren un montón de razones. En primer lugar, te estoy pagando. Y habiendo dinero de por medio, no me parece ético.

—Invitaré a la cena con tu dinero, así salimos los dos beneficiados.

—En segundo lugar – Ingrid continuó, sin dejarse amilanar – Soy mayor que tú.

—¡Por favor! – Él sonrió, burlón — ¿Cuántos años? ¿5? ¿6? Pongamos que no me importa que seas una anciana.

—Bueno, pues a mí sí que me importa, soy una anciana viuda, y tú un niño borracho y mujeriego, así que no parece adecuado que salgamos a cenar.

—¿Niño borracho y mujeriego? Vaya, gracias – le cogió de las manos para que dejara de retorcerlas – y ahora ¿por qué no me dices qué es lo que te da tanto miedo de ir a cenar conmigo?

—No me da miedo cenar contigo, – intentó zafarse, pero él no la soltaba – pero me parece inadecuado, igual que tu comportamiento ahora mismo.

—No te hagas la mojigata. ¿Sabes lo que he estado pensando estos días? Que te pondrías nerviosa en cuanto lo mencionase, porque si volviese a tratarte como trato a una mujer, dejarías de tener el control. Y he acertado.

—Eres un cretino, Nathaniel Hawk, creía que después de todos estos días trabajando juntos había conseguido que me respetases un poco, pero tu ego masculino de adolescente vapuleado en su orgullo te hace volver a provocarme.

—Y aun así, vas a seguir queriendo hacer de mí un alquimista.

—No lo quiero yo. Es lo que tengo que hacer – le estaba costando mantenerle la mirada. Estaba muy cerca, y se sentía tremendamente incómoda.

—Elisabeth, reconoce que te gusto.

—No me gustas. Y no sé con qué derecho te tomas estas licencias.

—Te gusto un poquito, aunque sea – se acercó más.

Ingrid tuvo el presentimiento de que iba a besarle, y lo peor de todo es que sentía que su cuerpo no respondía a la orden de su cerebro de apartarlo de un empujón. Entonces, llamaron a la puerta. Fue como despertar de un episodio de hipnosis. Se zafó de él, mientras intentaba ignorar su sonrisa de suficiencia, y abrió. Prudence entró en el vestíbulo con expresión arrebolada.

—Elisabeth, debía disculparme por lo sucedido, me sentía fatal y ¡oh! – Se calló inmediatamente al ver a Nathaniel – Lo siento, no sabía que tenías visita.

Se hizo un silencio extraño, y los tres se observaron con atención. Ingrid se maldijo por sentir una punzada de celos cuando vio la expresión que puso Nathaniel al contemplar a su amiga. Se la comía con los ojos. Como todos. Pero el muy idiota había estado a punto de besarla a ella un segundo antes.

—Señorita Hall, éste es el señor Nathaniel Hawk, mi protegido. Es estudiante de ciencias y estoy financiando una ambiciosa investigación que está llevando a cabo. Ha venido a discutir algunos detalles sobre la misma. Señor Hawk, ésta es mi amiga, la señorita Prudence Hall, de la que ya le he hablado en alguna ocasión.

—Encantado, señorita Hall – Nathaniel esbozó su sonrisa más encantadora, e Ingrid sintió ganas de abofetearlo. Afortunadamente, Prudence pareció tan indiferente como siempre a las atenciones masculinas.

—Lo mismo digo. No sabía que te interesara la ciencia, Elisabeth.

—Una pasión que mi pobre Alfie me contagió. He decidido retomarla en su memoria.

—Oh. – Prudence parecía confusa – Bueno, no sabía que ibas a estar ocupada, será mejor que me vaya.

—No, no, Prudence, el señor Hawk se marcha ya, quédate, por favor. – Oyó el tono de urgencia en su voz, y deseó fervientemente que no hubiese sido tan evidente para los otros dos.

Le indicó a su amiga que pasara al salón, y prácticamente empujó a Nathaniel hasta la puerta.

—Si no quieres cenar conmigo, podrías preguntarle a tu amiga si a ella le apetece – dijo poniéndose el sombrero, al mismo tiempo que sonreía con malicia.
—Lárgate – le espetó, cerrándole la puerta en las narices.

***

El martes, Nathaniel no se presentó. Ingrid estaba que se subía por las paredes. Felina parecía más feliz que nunca, y mucho más silenciosa.
—Explícame por qué estás tan contenta si no ha venido. – Rugió Ingrid, harta de ver su gesto de satisfacción.
—Porque todo se está cumpliendo tal y como tenía que ser.
—¿Ah sí? Abraham Levi aún no ha dicho nada y Nathaniel se ha rajado ¿Así es como tenía que ser?
—Nathaniel no se ha echado atrás. – Felina se relamió, sonriente – Está esperando a que vayas a buscarle.
—¿Otra vez? ¿Otra vez tengo que hacer exhibición de mi voluntad bebiendo con sus amigos?
—Ingrid, esto es un duelo de egos, y los dos tenéis un orgullo inmenso. Por eso os parecéis tanto, y por eso chocáis a la vez que os atraéis.
—No nos atraemos. – Pero a su pesar, lo dijo menos convencida de lo que le habría gustado. Dejando a un lado los comportamientos de otro siglo que lucía de vez en cuando, y que sabía que iría corrigiendo, Nathan era brillante, divertido y apasionado, además de tener un carisma arrollador. Le gustaba provocarla, y a Ingrid siempre le habían gustado los restos. Le encantaba pasar tiempo con él y librar aquellos duelos mentales.
—Le habrías permitido que te besase, y lo sabes.
—Nunca lo sabremos. Fue un momento de debilidad. No pienso ir a buscarle.
—Él cedió la primera vez. Ahora te toca a ti ceder. Y lo sabes. Y él lo sabe. Sabe que lo necesitas. Y tú sabes que él está completamente atrapado por lo que puede llegar a descubrir. Pero no soporta la idea de

que estés por encima de él. Lo que está buscando es que te pongas a su nivel.
—Felina, soy su jefa. No tengo que ponerme a su nivel. – Insistió, tozuda.
—Pero en realidad es su propio dinero, tú sólo eres la intermediaria. Y no estoy hablando de la relación profesional que tenéis. Es en la personal en la que tenéis que estar equilibrados.
—¿Ahora eres psicóloga y te dedicas a terapia de pareja? – Ingrid sacó su sarcasmo a pasear, harta de aquella ola de sabiduría.
—No. Pero como te he dicho muchas veces, los humanos sois terriblemente obtusos, y lo complicáis todo innecesariamente. Sólo intento ayudar. Ahora vete a buscarlo y soluciona todo esto. No podemos estar perdiendo el tiempo. Hay mucho trabajo que hacer.
No sabía que le enfadaba más, si el hecho de darle la razón a Felina, o el verse obligada a ceder.

***

El coche la dejó en la puerta del edificio donde Nathan compartía piso con Sean. Esperaba con todas sus fuerzas que estuviese en casa, porque no se veía con fuerzas de ir al bar y protagonizar otra escena delante de sus amigotes. Ni siquiera sabía en qué piso vivía, así que tuvo que llamar a una de las primeras puertas y preguntar a los vecinos, para mayor discreción.

Subió las escaleras hasta el último piso, mascullando maldiciones contra el mundo en general, y su ropa en particular, y llamó a la puerta. Oyó los pasos que se aproximaban, y la cara de Nathaniel se asomó con una sonrisa petulante tras la puerta. Era evidente que la estaba esperando.
—¡Señorita Bennet! ¿Qué hace usted aquí? – preguntó, haciéndose el sorprendido.
—¿Vas a dejarme entrar? – Ingrid estaba casi convencida de que podía oír a los vecinos aguantando la respiración para poder escuchar la conversación.

—No sé, no la esperaba, está todo patas arriba… — Ingrid le dio un empujón a la puerta y entró con paso decidido. Nathaniel cerró la puerta, visiblemente deleitado con su enfado, lo cual le enfureció aún más.
—¿Por qué no has venido? – Puso los brazos en jarras y lo fulminó con la mirada.
—Bueno, ayer prefirió pasar la tarde con su amiga, y me echó de malas formas, así que dado que usted tiene sus prioridades, y que yo tengo un examen importante dentro de poco, he decidido priorizar mis estudios.
—Si no me lo dijeras con esa sonrisa arrogante pintada en la cara, hasta consideraría el creerte. ¿Cómo puedes ser tan sinvergüenza como para decirme que te eché de malas formas después de cómo invadiste mi espacio?
—De la misma forma que tú tienes la desfachatez de decirme que te parece inadecuado cenar conmigo y de hacerte la puritana cuando desde el principio me tuteas, me tocas, me empujas, me insultas, me haces seguirte y cargar con tus libros, y no sientes ningún reparo en arremangarte o sentarte con las piernas cruzadas, aunque se te vean las enaguas. Eso es lo que más gracia me hace. Que juegues a ser una mojigata cuando es tan evidente que eres todo lo contrario.
—¿Cómo que soy todo lo contrario? ¿Qué insinúas?
—No insinúo nada, pero te desenvuelves como cualquier hombre, y sin embargo ayer temblabas cuando te cogí de las manos.
—No temblaba. Y el que actúe en confianza contigo, no te legitima a tomarte confianzas sin mi permiso. Tienes mucho que aprender, Nathaniel.
—No tengo ni idea a qué te refieres. De verdad que no entiendo de dónde has salido. No has hecho más que lanzarme señales. No sé si tratas de engañarme a mí para jugar conmigo y volverme loco, o es que te engañas a ti misma. Y claro que temblabas. Temblabas como una jovencita virginal a la que tocan por primera vez. Porque te da miedo lo que sientes por mí.
—No tengo miedo porque no siento nada por ti, sólo que me desquicias.

—¿Ah, no? Hubiese jurado que disfrutabas de mi compañía.
Ingrid cruzó de dos zancadas el espacio que les separaba, y agarrándolo por la nuca, le metió la lengua entre los labios, a lo que él respondió con ansia.
—No te tengo miedo ¿contento? – dijo, con la respiración entrecortada.
—No – respondió él, con voz ronca y mirada hambrienta. La agarró por la cintura y la apretó contra él. Ingrid sintió fuego en las entrañas.

Avanzaron dando tumbos hasta el dormitorio, arrancándose la ropa el uno al otro, devorados por la pasión.

***

Ingrid tenía la cabeza apoyada en su pecho desnudo, y podía oír los latidos de su corazón tamborileando al compás de su respiración acompasada. Sabía que no estaba dormido. Casi podía visualizarlo mirando al techo. Pero estaba tranquilo, en paz. Y ella, misteriosamente, también. Sabía que todo aquello era un error, que era imposible, pero había sucedido y no le importaba. Es más, de sólo pensarlo sentía cómo las brasas que anidaban en sus entrañas volvían a encenderse. *De acuerdo, me he vuelto loca por el hombre más inteligente del mundo.* Dejó que el pensamiento se adueñara lentamente de cada parte de su cerebro, que lo invadiera sin compasión.
—Tengo que irme – musitó al fin, haciendo un enorme esfuerzo de voluntad.
—No, quédate. – Nathaniel la rodeó con sus brazos y la inmovilizó contra él.
—¿Por qué debería quedarme? – ella levantó la cabeza y le miró a los ojos.
—Porque si te vas, temo que vuelvas a tu altiva posición de rechazo y no me dejes acercarme a ti nunca más.
—No tengo ninguna intención de rechazarte, Nathaniel Hawk. No sé cómo lo has hecho, pero me has ganado. – Le besó lenta e intensamente.

—En situaciones desesperadas, medidas desesperadas. Soy un hombre con recursos. – Sonrió, juguetón – Te enredaste en mi mente desde el primer día que te vi. Es ese aura de poder que tienes. De seguridad. De independencia. He visto a muchas mujeres guapas a lo largo de mi vida, pero tú eres… distinta. Pareces de otro mundo. Así que me dije; tienes que conquistarla. Sabía que con regalos y piropos sólo conseguiría tus burlas, así que hice exactamente lo mismo que tú hiciste para tenerme prendado; desafiarte, provocarte. Está claro que tú y yo no somos tan diferentes.
—Así que… ¿te da igual la investigación? ¿Sólo te interesaba meterme en tu cama?
—No, no. – Él se puso serio – No lo malinterpretes, Elisabeth. Me interesa muchísimo la investigación. Es sólo que trabajar contigo y tener la oportunidad de que me hicieras caso le ha dado puntos extra.
—¿Vendrás mañana a trabajar?
—Mañana iremos los dos a trabajar. Porque vas a quedarte esta noche.
—¿Quién lo dice?
—Tú, al llevarme la contraria. Como de costumbre. ¿Vas a negarme ahora que te gusto?
—Tal vez me gustes en poquito.
—¿Sólo un poquito? Voy a tener que mejorar eso –se dio la vuelta y la cubrió con su cuerpo. Ingrid le rodeó con las piernas, y hundió el rostro en su cuello, ahogando una risa.
—Adelante, a ver cómo lo mejoras.

***

Ingrid caminó hasta casa cuando él se fue a la universidad a la mañana siguiente. Se sentía como una adolescente en plena ebullición hormonal, sonriendo todo el rato sin poder evitarlo. Todavía rememoraba el tacto de sus manos recorriendo hábilmente su cuerpo, sus besos traviesos y provocadores.

Felina la esperaba sentada en las escaleras con una sonrisa socarrona.
—Veo que habéis solucionado todos vuestros conflictos.

—Así es. – Ingrid maldijo el rubor que se apoderaba de ella. – Esta tarde vendrá a las cinco en punto.
—Te dije que podías conseguir que un hombre se quedara, niña tonta. – La chica le siguió al interior de la casa, sin borrar la expresión burlona de su rostro.
—Sí que me siento como una niña tonta. No sé qué me pasa.
—Se llama enamorarse, tal vez hayas oído el término alguna vez.
—No estoy enamorada. Felina, es completamente imposible que algo salga bien entre nosotros. Ni siquiera somos de la misma época. ¿Qué pasará cuando volvamos a nuestro presente?
—Que él estará en Filadelfia, esperándote, igual que ha pasado los últimos 130 años esperando a encontrarte.
—No hablas en serio.
—Bueno, no puedo decir que no haya tenido amantes, e incluso puede que haya estado enamorado de otras personas… Pero tú siempre has estado ahí. Y él sabía que volverías. Al fin y al cabo, eres parte de su futuro. Más que de su pasado, de hecho. Por cierto, ha llegado una carta de Abraham Levi a primera hora de la mañana. Acepta. Quiere conocer a Nathaniel. Estás haciendo un buen trabajo, Ingrid.
—Gracias. – Miró sorprendida a su compañera. Era la primera vez que un comentario positivo y sincero dirigido a ella salía de entre aquellos colmillos puntiagudos.
—Sugiere el sábado, al medio día, en el café de la otra vez. – Ingrid asintió, meditabunda. ¿Cómo iba a revelarle la verdad a Nathan?

***

La semana pasó volando. Nathaniel iba por las tardes, y ambos trabajaban afanosamente entre las montañas de papeles, escribiendo todo tipo de fonemas, en su mayoría carentes de sentido, mientras miraban impacientes las agujas del reloj, esperando a que llegase la hora de la cena para poder dar por concluida la jornada de trabajo y perderse el uno en el otro. Ingrid nunca había sentido una pasión igual. Todo en él era tremendamente intenso, ya estuviera estudiando, trabajando o recorriendo su cuerpo. El entusiasmo que tenía por cada cosa en la vida era contagioso, y aunque a menudo se veía interrumpido por algún extraño arrebato de melancolía, no le costaba mucho sacarlo de su letargo. Parecía que haber visto cómo se iban tantas vidas ayudando a su padre, le había enseñado a celebrar la suya propia.

—¿Por qué no intentamos reproducir estos sonidos? – dijo una noche, asomando entre las sábanas y apoyando la cabeza en el vientre de Ingrid, mientras ella suspiraba, intentando controlar su respiración agitada.

—¿Qué sonidos?

—Los sonidos que producimos cuando algo nos produce placer. Los que emitimos en el orgasmo. Eso es igual de básico que comer, y no requiere un idioma, es mucho más primitivo. ¿No sería posible que ahí estuviera la clave?

—Tú lo que quieres es inventar una excusa para pasar menos tiempo entre los libros y más tiempo entre mis piernas.

—Bueno, creo que en el dormitorio estamos mucho más cerca de hacer magia que ahí abajo entre diccionarios ¿no estás de acuerdo?

—Eres un sinvergüenza.

—Y eso te encanta.

Nathaniel había acogido la noticia de que el sábado conocerían al maestro Levi con una calidez moderada; por una parte, estaba deseando ver pruebas reales de alquimia, y por otro no sentía ninguna gana de compartir sus horas de trabajo con una tercera persona. Ingrid aún no había pensado cómo iba a contarle la verdad, y cada día que pasaba, la tarea parecía más y más complicada. No tenía ni idea de cómo iba a reaccionar al saber que le había mentido desde el principio, pero tenía el presentimiento de que iba a ser una situación dolorosa. Más dolorosa aun cuando supiera que iba a tener que abandonarle. Se le hacía un nudo en el estómago cada vez que lo pensaba.

El viernes, el joven se marchó antes, alegando que sus amigos le acusaban de estar desaparecido, así que Ingrid aprovechó para ir a visitar a Prudence. Llevaba toda la semana sin tener noticias de ella, y le resultaba extraño.

La joven le condujo a la biblioteca y pidió que les prepararan el té. Estaba muy seria.
—Prudence ¿hay algo que te preocupe?
—He tenido una discusión enorme con mi padre y mi madrastra. El otro día, al volver de tu casa. Mi padre me dio una bofetada. – La joven la miró, con los ojos llenos de lágrimas. – Mi padre, que nunca jamás me ha levantado la voz, menos aún la mano. Todo porque esa bruja le está envenenando la mente.
—Oh, Prudence, lo siento tanto. – Ingrid se sentó a su lado, y le cogió de las manos — ¿Qué pasó?
—Mi madrastra abrió una carta que era para mí. Escribí a las sufragistas una carta diciéndoles que contaban con mi apoyo, y que me gustaría participar en algún acto al que pudiese desplazarme. Ella leyó su respuesta. Después, cuando yo estaba fuera de casa, entró en mi habitación y la registró de arriba abajo, hasta que encontró todos los artículos que he coleccionado estos últimos años, con todas mis anotaciones. Tengo un cuaderno en el que escribo las ideas que tengo, ¿sabes? Pensando en que algún día daré un discurso, puede que delante de los congresistas. Cogió todo y se lo enseñó a mi padre, diciendo que yo hacía todo esto por desobedecer y por provocarla, que después de todo lo que habían hecho por mí, iba a manchar el nombre de la familia, que iba a protagonizar algún escándalo, que nos iban a repudiar, y poco menos que hundiría el negocio de mi padre. Cuando llegué, mi padre me pidió explicaciones. Intenté decirle que no lo hacía por molestarles, ni por causarles ningún mal, sino porque era así como pensaba, y que tenía intención de defender lo que creía que era correcto. Empezó a gritarme, a decirme que al final todo el mundo tenía razón, y que había sido un tonto siendo tan permisivo. Que yo era una niña consentida que no sabía cómo funcionaba el mundo, y que debería darme vergüenza ser tan egoísta. Yo le dije que el egoísta era él, y que mi madre sería la que sentiría vergüenza al ver por quién la había sustituido. Fui demasiado lejos con eso. Ni siquiera vi venir la bofetada. No fue el dolor físico, Elisabeth, fue el resultado de todas las cosas horribles que nos dijimos. Me ha prohibido que salga, y lleva toda la semana sin hablarme. Mi madrastra no cabe en sí de gozo.

Llevo todos estos días encerrada, sin hablar con prácticamente nadie, y sintiéndome tan miserable…
—Pero Prudence ¿por qué no me has escrito? – Ingrid se sentía desolada.
—No lo sé, Elisabeth. El otro día te vi con el señor Hawk, y creía que había interrumpido algo. La forma en la que os mirabais. Y me sentí fatal, porque yo no puedo encontrar esa conexión con nadie. ¿Por qué no puedo ser normal? Todo sería mucho más fácil si sólo tuviese que preocuparme de fiestas, vestidos, y organizar eventos para recaudar dinero para la beneficencia. – La chica se sorbió los mocos, y por un momento pareció tan vulnerable y joven como realmente era.
—Querida, la vida siempre nos pone a prueba. Los momentos difíciles son los que nos hacen luchar y demostrar lo fuertes que somos. No puedes ser normal porque estás destinada a conseguir grandes cosas, Prudence. Pero los logros no son fáciles o indoloros. Los héroes siempre tienen que luchar. – La abrazó con todas sus fuerzas, sintiéndose terriblemente culpable. No sólo iba a tener que dejar a Nathaniel. Y Prudence no podía saber la verdad.

***

Ingrid pasó la noche pensando la de cosas que podría decirle a su amiga sobre el futuro de las mujeres. El futuro que chicas como ella estaban labrando ahora para la posteridad. Apenas durmió.

Al día siguiente, Nathan pasó a buscarla y cogieron un coche. Él estaba raro. Callado. Parecía enojado por algo, y al besarla fue brusco, casi le hizo daño.

Abraham Levi había pedido un reservado en el café, para que pudieran hablar tranquilos y sin interrupciones. Les esperaba sentado en la mesa con la mirada perdida. Nathaniel se sentó frente a ella, habiendo apenas saludado a su futuro mentor.
—Estaba deseando conocerle, señor Hawk. La señorita Bennet habla maravillas de usted – Levi intentó ser cortés, a pesar de las formas bruscas del joven.

—No me sorprende. También habla maravillas de usted. Así como usted hablará maravillas de ella, imagino.
—Bueno, por supuesto – el hombre miró a Ingrid con expresión dudosa, pero ella se mantuvo con el semblante pétreo. No entendía toda aquella extraña actitud. – Es una mujer extraordinaria. Pero apuesto a que usted ya lo sabe.
—Claro que lo sé. Es una extraordinaria estafadora, al igual que usted – sacó un papel del bolsillo y lo puso sobre la mesa.

Era un folleto que anunciaba el espectáculo de magia de Abraham Levi. Ingrid se quedó helada. Aquello no lo había previsto. Sabía que iba a tener que contárselo tarde o temprano, pero no esperaba que se enterase de manera tan repentina en otro lugar, sin que a ella le diese tiempo a prepararlo, y sin que hubiera visto al alquimista en acción. Todo su plan se desmoronaba. El señor Levi tampoco parecía muy contento.
—Imaginen la situación. Ayer, después de trabajar duro en mis pocas horas de tiempo libre en una secreta investigación de alquimia que puede revolucionar todo el mundo científico, salgo con mis amigos, y entre copas me sugieren ir a un espectáculo de magia que al parecer tiene a todo el mundo maravillado. Pregunto el nombre del mago, y mi mejor amigo me dice: "Abraham Levi". Le digo que eso no puede ser, y me enseña este panfleto para corroborarlo. Así que, señor Levi ¿Qué voy a aprender con usted? ¿A sacar un conejo de la chistera?
—Nathaniel… — Ingrid intentó cogerle la mano, pero se apartó.
—¡Y tú no me hables! ¿Quién os ha pagado para que me toméis el pelo? Y dime una cosa, Elisabeth ¿también te ha pagado para que te acuestes conmigo? ¿Era parte del plan?
— Señor Hawk, – la voz de Abraham Levi se impuso, serena pero autoritaria – entiendo que se sienta confundido, pero haga el favor de no insultar a la dama, ella sólo hace su trabajo.
—¿La dama? Si viera las cosas que sabe hacer en la cama no le llamaría "dama".
—¡¿Cómo te atreves?! – Ingrid sintió que se le saltaban las lágrimas a causa de la furia.

—Querida, tal vez sea el momento de que le cuentes a tu amigo la verdad, antes de que siga dejándose en ridículo a sí mismo. – El hombre posó la mano sobre la suya, viendo como cerraba los puños, y presintiendo que iba a abalanzarse sobre el joven en cualquier momento. Al instante, le invadió una calma inusitada. El gesto, sin embargo, pareció enfurecer aún más a Nathaniel, que se levantó de la silla haciéndola caer de golpe.
—No, no me expliques nada. No quiero saber nada más de ti. Nunca. – Salió del reservado abruptamente.
Ingrid escondió la cara entre las manos.
—Ve tras él, y tráelo de vuelta. – Susurró Levi. – Siempre es difícil para los no iniciados comprender las cosas al principio.
—Tendría que haberle contado la verdad desde el principio.
—Entonces te habría tomado por loca y nunca habríamos llegado hasta aquí. Ve a por él, Ingrid Alonso. Y cuando lo traigas te prometo que acabaré de convencerle.

Salió corriendo a la calle. No tenía ni idea de en qué dirección había ido, pero se encaminó hacia la universidad. Lo más propio de él sería ir a emborracharse para no pensar en lo que acababa de suceder. Lo interceptó en una callejuela estrecha cerca de su bar favorito.
—¡Nathan! – él no se giró, pero vio que se le tensaban los músculos de la espalda. —¡Nathan, espera, por favor! – corrió más rápidamente y se puso en frente de él. La mirada de odio que le dirigió fue como un puñetazo en los pulmones.
—Déjame en paz, ya has hecho suficiente.
—No, por favor, déjame que te lo explique. Te he mentido, sí, pero nadie se está burlando de ti. Te he mentido porque no podía decirte la verdad todavía, no me habrías creído.
—No intentes justificarte. Nada va a cambiar el hecho de que me has estado estafando las últimas semanas, y yo, como un bobo, me he enamorado de ti. ¿Sabes cómo me siento? ¡Mira! – Le enseñó los nudillos, estaban pelados y con rastros de sangre. – Ayer lo pagué con la pared, pero o te quitas de mi vista, o acabaré pagándolo con la verdadera culpable.
—No me llamo Elisabeth Bennet – ignoró sus amenazas.

—Menuda sorpresa. – Soltó una risotada amarga.
—Me llamo Ingrid Alonso, y nací en Madrid, España, el doce de abril de 1989.

Nathaniel dejó de caminar, y la miró fijamente. El enfado dio paso a una genuina incredulidad. Sé quedó plantado, allí, en medio de la calle. Y de pronto le entró la risa floja.

—Estás loca.
—Estoy loca por dejarme meter en esto, pero lo que te digo es verdad. Sé que ibas al cementerio todas las tardes después de la escuela, y te sentabas a leer junto a la tumba de tu madre. Sé que siempre te has sentido responsable de su muerte. Sé que la universidad de Pensilvania no va a ser la única a la que vas a asistir. Sé que vas a ser un genio, y que vas a hacer descubrimientos tan grandes como para tener que vivir oculto y que nadie te obligue a ponerlos en marcha.
—Te lo estás inventando.
—¿También lo de tu madre?
—Eso lo has podido averiguar.
—¿Ah, sí? ¿Se lo has contado a alguien? – Ingrid sabía que lo tenía contra las cuerdas, pero no estaba segura de hasta dónde podía presionarlo.
—Digo muchas cosas cuando estoy borracho.
—No seas cínico, por favor.
—Está bien. Pongamos que te creo, Ingrid Alonso, o como quiera que te
llames. ¿Quién te ha metido en todo esto?
—Tú.
—¿Qué? – continuaba sonriendo con cierta mueca de desesperación. — ¿Yo?
—Soy periodista. Vivía en Madrid, pero me apetecía cambiar de aires, así que me mudé a Michigan, con mis abuelos, que es donde nació mi padre. Allí, empecé a buscar trabajo y respondí a una oferta extrañísima en la que se solicitaba periodista para un reportaje de investigación. Me llamaron. Tu hija, que es en realidad una gata modificada genéticamente mediante tus descubrimientos de alquimia para parecer humana, me llevo ante ti, a una mansión perdida en

medio del bosque, y tú me recibiste como si ya nos conociéramos. Yo te tomé por loco, más aún cuando para convencerme me retuviste hasta el día siguiente, y además de hablarme de viajes en el tiempo, transformaste un objeto delante de mis narices. Total, que después de varios días observándote trabajar en el laboratorio, me dijiste que mi misión era viajar al pasado, a este momento, en el que nos habíamos conocido, porque yo era la que había conseguido que conocieras a Abraham Levi, tu maestro alquimista, y que era vital y fundamental que lo consiguiese. Así que después de tenerme estudiando historia, nos mandaste a tu hija y a mí a 1880 sin muchas más pistas, sabiendo únicamente que teníamos que encontrarte a ti y a Abraham Levi y conseguir que os conocieseis. Y aquí estamos. – Nathaniel estaba pálido, contemplándola con la boca ligeramente abierta, y con pinta de estar a punto de desmayarse. Ingrid conocía la sensación.
—Y ¿de qué año se supone que hablas? – logró articular al fin.
—2015. Yo tengo 26 años. Tú, 155, pero te has conservado muy bien – se arrepintió de la broma en el mismo momento en el que la pronunció.
—Necesito una copa. – Volvió a ponerse en marcha, caminando como un autómata.
—Nathan, por favor, tienes que creerme. Sé que es todo un disparate, a mí también me lo pareció, en el pasado, en mi pasado, que es tu futuro. Pero todo lo que te he contado sobre alquimia es verdad. Todo el trabajo que hemos estado haciendo es la base de lo que vas a llegar a descubrir. Te lo he contado todo tal y como tú me lo contaste a mí.
Como me lo contarás. Oh, esto es horrible. Déjame al menos que te lo demuestre. Deja que Abraham Levi te demuestre de lo que él es capaz.
—Es un mago.
—Es su tapadera. Él también tiene que mantenerse en el anonimato. No confíes en mí si no quieres, lo entiendo, pero tú mismo has estado contemplando la base científica de nuestro trabajo, y sabes que no es magia. Dame una sola oportunidad, Nathaniel, por favor, de demostrarte que no estoy loca y que todo lo que te he contado es verdad.

Volvió a ponerse frente a él, cortándole el paso, y apoyó las manos en su pecho. Al menos ya no parecía furioso, sólo terriblemente aturdido. Sintió que se ablandaba un poco al contacto.

—Tampoco te he mentido respecto a lo que siento por ti. Eso ha sido totalmente inesperado, pero verdadero.

—Deja de jugar conmigo – gimió quejumbroso.

—Pues vuelve conmigo al restaurante. Si más tarde sigues sin creerme, desapareceré.

10

Abraham Levi estaba sentado en la misma posición en la que lo habían dejado. Tenía la mirada perdida y la copa de vino en la mano, daba sorbos lentos dejando que su paladar se deleitase. No pareció sorprendido de verlos entrar en el reservado. Sonrió amistosamente.

—Bien, señor Hawk, creo que podríamos empezar de nuevo. Mi nombre artístico es Abraham Levi. Como usted bien ha descubierto me dedico al ilusionismo y a la magia en diversos espectáculos, que, si me permite que se lo diga, tienen una estupenda acogida entre el público. Sin embargo, los teatros son sólo la parte visible de lo que hago. O de lo que hacía, ya que hasta que nuestra amiga vino a buscarme, había limitado el uso de la alquimia a conseguir resultados mejores sin necesidad de trucos. Sin embargo, hubo un tiempo en el que me dediqué a la ancestral ciencia de la alquimia. Pero mis descubrimientos me llevaron a estar en una posición incómoda. Así que me vi obligado a desaparecer, y tengo que reconocer que, desencantado con lo que toda una vida de estudio me había deparado, abandoné ese camino.

—Sin embargo, está usted aquí. – Nathan le miraba con suspicacia. Tenía los brazos cruzados con fuerza sobre el pecho y se apoyaba con tanta firmeza en el respaldo de la silla que Ingrid temió que acabase por volcarla.

—Al igual que usted, y la señorita Alonso puede decirle que al principio me mostré reticente a participar en todo esto. Pero luego reflexioné largo y tendido, tuve a la pobre muchacha en vilo durante varios días esperando mi respuesta. Me dije, si algo así es posible, si alterar el tiempo y ser capaz de transportar a una persona al pasado es posible, sin duda tengo que participar en ello. Podría ser un descubrimiento de vital importancia. Y al fin y al cabo nos debemos a la ciencia, usted y yo. La naturaleza dota a ciertos individuos con un cerebro brillante para que la evolución siga teniendo lugar. Tenemos una obligación para con la humanidad. Una obligación moral mucho más grande que nuestros propios intereses personales.

—¿Y si no quiero esa obligación? –El joven lo estaba examinando atentamente, ceñudo, como tratando de descifrar si se burlaba de él, pero sin perderse una de sus palabras.
—Ah, bueno, esa es una opción, por supuesto. Uno es libre de elegir lo que quiere hacer en su vida, ¿no es así? Yo mismo me he estado escondiendo durante años, tratando de no pensar en todo esto. Pero cuando llegue el momento de dormir eternamente, y eche la vista atrás ¿cómo le gustaría ser recordado? ¿Cómo alguien que pasó su existencia escondido, o como la persona que cambió el mundo?
—Suena un tanto pedante.
—Por supuesto. Pero algún defecto tenía que tener. La perfección no existe. Pero bueno. Supongo que querrá ver una demostración.
—¿Cómo sé que no me está engañando y que es uno de sus trucos de ilusionismo?
—Podrá juzgarlo usted mismo, señor Hawk. Es un joven despierto. Además ¿por qué querría yo engañarle? Yo no saco nada de beneficio de este encuentro. Y tengo entendido que la señorita Alonso le ha pagado a usted un cuantioso adelanto para que se tome en serio el proyecto. Un dinero que viene de usted mismo en el futuro, así que considere todo esto como una inversión.
—Que le esté escuchando no quiere decir que le crea.
—Y, sin embargo, desea creer. Por eso está aquí. Y es el primer paso. ¿Tiene usted un objeto metálico que tenga algo únicamente reconocible por usted?

Nathaniel se quitó la cadena que llevaba en el cuello, y se la entregó. Abraham Levi, la tomó y la apoyó en la mesa, poniendo las manos a su espalda, como para demostrar que no iba a manipularla de ninguna forma. Murmuró una serie de sílabas guturales, y la cadena empezó a disolverse, al tiempo que los eslabones se fusionaban entre sí, e iba adquiriendo una forma redondeada. Nathaniel, que se había inclinado con interés sobre la mesa, dio un salto hacia atrás y estuvo a punto de caerse de la silla. Ingrid lo entendía perfectamente. Ella había acabado por desmayarse la noche que presenció su primera transformación.

—Tome la moneda, y dígame si reconoce la inscripción – el chico alzó una mano temblorosa y la cogió lentamente, como si temiese que le fuera a quemar. Abrió los ojos como platos. — ¿Y bien? ¿Cree que es un truco de ilusionismo?
—Pero… ¿Cómo…?
—Creo que ya está familiarizado con la teoría. Lo de conseguir cambiar de momento histórico es algo que se escapa de mi conocimiento y mi capacidad, pero se supone que es el fruto de nuestra asociación, o eso dice nuestra amiga. Por supuesto, la alquimia, como base de la ciencia moderna, aún necesita que se investigue mucho más.
—Y tiene que haber muchos descubrimientos en otros campos para que vosotros podáis progresar hasta ese punto – intervino Ingrid. – Ahora sólo veis destellos de luz momentáneos mientras dais palos de ciego.
—Muy cierto. Pasarán años hasta que realicemos un nuevo descubrimiento, tal vez. Por eso es importante que usted finalice sus estudios en la universidad y siga aprendiendo. Yo no voy a quedarme mucho tiempo en Filadelfia, una semana más a lo sumo. Pero si me da su dirección, le iré mandado instrucciones por carta, y cuando terminemos nuestros compromisos, podremos encontrarnos y ver cómo progresa. Hasta que no llegue a mi nivel, tampoco podremos avanzar juntos. – El señor Levi parecía muy pagado de sí mismo mientras apuraba su copa de vino.

El joven paseaba la mirada de uno a otro, todavía con gesto de incredulidad en el rostro, pero incapaz de negar la evidencia más tiempo. Finalmente, accedió.

Se despidieron de él escuetamente, habiéndole proporcionado un medio de contactar con Nathaniel. El hombre se comprometió a escribirle con regularidad. Le recomendó que empezara por perfeccionar su dominio del latín y el griego antiguo, y que siguiera estudiando la historia de la alquimia. Después, se subió al coche y desapareció de su vista.

Ingrid y Nathan se quedaron de pie en la acera del café, mirando al suelo.

—¿Sigues enfadado conmigo? – aventuró ella. Él estaba evitando mirarle, pero no sabía si la razón era la rabia o la vergüenza por las cosas que le había dicho.
—No. Entiendo por qué me has mentido. No te hubiese creído. Aún ahora me cuesta.
—Pero ¿me crees? – Ingrid le cogió del brazo y le obligó a mirarla. Él clavó sus ojos grises en los suyos.
—Mi sentido común me dice que estás loca, y que todo esto de la alquimia es alguna rama esotérica de la ciencia a la que no debería acercarme. Pero mi intuición me dice que tengo que seguir con ello. Hay algo que parece empujarme dentro de este torbellino de sin sentidos. – Suspiró, resignado.
—Fue lo mismo para mí. Cuando me contaste todo… Hasta llamé a un amigo para que viniera a rescatarme de tus garras – Sonrió, pensando en la de explicaciones que iba a exigirle el pobre Alfie cuando volviera a verle – Y sin embargo acepté; firmé el contrato.
—¿Crees que es el destino? ¿Qué hay una fuerza que nos impulsa a hacer todo esto?
—No creo en el destino, Nathan. Creo que las cosas están dentro de nosotros mismos, aunque a veces estén ocultas y resulte difícil verlas. Lo que de verdad anhelamos. Yo quería que mi vida fuese especial, hacer cosas increíbles. Y desde luego todo esto resulta increíble. Y tú te mueres por avanzar lo suficiente para descubrir algo que revolucione el mundo. No somos tan distintos, como tú bien dijiste. Son los mismos mecanismos los que nos impulsan hacia delante.
—Tal vez me impulsen las ganas de estar contigo. – Nathan pronunció las palabras en voz baja, con la mirada nuevamente fija en el suelo. – Supongo que ahora que ya me has presentado a Abraham Levi y me has convencido, tendrás que volver a tu vida en tu presente.
Ingrid sintió que se le congelaban las entrañas. No lo había pensado. No había pensado que su regreso fuese tan inminente. Seguro que Felina lo estaba pensando, pero como la mayoría de las cosas que pasaban por la mente de su compañera, permanecían como un misterio sin revelar hasta que ella juzgara oportuno.

—Todavía no – Ingrid le cogió de las manos, y le obligó a mirarla. – Todavía puedo ganar un poco de tiempo antes de volver.

Volvieron a casa tomados de las manos, sin importarles quién pudiera verlos, aunque varios viandantes se les quedaron mirando con curiosidad. Caminaban en silencio, cada uno sumido en su propio abismo de verdades.

Hicieron el amor despacio, mucho más pausadamente que veces anteriores, saboreando cada centímetro de piel, atesorando cada segundo. Después, Nathaniel le pidió que le contara cosas sobre su vida en su futuro, y ella se las contó.

Le habló de sus abuelos, de sus padres, de España, de sus veranos en Michigan, de lo que era viajar en avión, de Alfie y su cabaña cuartel en el árbol. Fue tan liberador. Nathaniel la escuchaba totalmente fascinado, sin atreverse a interrumpirla excepto cuando algo llamaba tan poderosamente su atención (como en el caso del avión), que no era capaz de contenerse.

—Siempre hablabas del tratado de alquimia que escribiste, y de lo importante que era. Pero nunca me lo enseñaste. Ni si quiera sé dónde lo tienes. Ni qué hay escrito en él.

—¿Quieres verlo? — Nathaniel se incorporó rápidamente.

—Sí, claro. Pero ¿a dónde vas?

—A escribirlo. Vamos a empezar a escribirlo. – Le lanzó una sonrisa entusiasmada.

—Nathaniel, ¿cómo? Aún no sabes ni una milésima parte de lo que tienes que saber.

—Empecemos por la teoría ¿de acuerdo? – bajó al trote por las escaleras en ropa interior. Ingrid le siguió, divertida, contagiada como siempre por su pasión hacia las cosas. — ¿Crees que tenemos que incluir eso de que los primeros sonidos con sentido comunes a todas las lenguas son aquellos que son producidos por el placer?

—Tal vez sería más respetable argumentar que empezamos intentando analizar los fonemas comunes a los alimentos.

—Pero eso sería mentir. No hemos avanzado nada aún con esos fonemas. Sin embargo, tengo muy claro cuál es el sonido que se escapa de tus labios, y de los míos, cuando estamos unidos.

—Y ¿qué conclusión sacas con eso?
—Ninguna, pero me gusta ver cómo te sonrojas. A ver, pásame papel y pluma. Podemos copiar lo que sale en el libro de historia que me has mandado leer. Las bases de la alquimia.

Mientras lo contemplaba sentado, con la camisola abierta, totalmente concentrado y los dedos manchados de tinta, deseó fervientemente que no hubiera más presente que aquel mismo instante.

***

—Si tienes que despedirte, será mejor que lo hagas – Felina había empezado a deambular nerviosa por el salón, y la miraba de soslayo. –Nos vamos esta noche.
—¿Ya? – Ingrid sabía que era inminente, pero igual que no se había sentido preparada para viajar a 1880, no se sentía lista para volver a 2015.
—Ingrid, ya hemos acabado lo que teníamos que hacer. No puedes seguir interfiriendo. Así es como tiene que ser.
—Si ya hemos interferido, ¿cuál es la diferencia?
—Que sabíamos que debíamos hacerlo. Sabes que tengo razón. No hagas un drama. Sólo despídete. No va a ser tan difícil para ti. Tú vas a volver, y él va a estar esperándote con los brazos abiertos. El Nathaniel que dejas aquí va a tener que esperar más de 100 años para volver a verte.
—Eso no me consuela.
—No puedes hacer nada al respecto. – la chica salió de la habitación y la dejo sola con sus pensamientos.

Se sentó en la mesa y tomó una hoja de papel, así como una pluma. No se veía con fuerzas de decirle adiós a Prudence Hall, le haría demasiadas preguntas que ella no podía responder, pero tenía que despedirse. No podía desaparecer de su vida sin más, menos aún, sabiendo lo mal que lo estaba pasando la joven, y se sorprendió a sí misma por el sincero cariño que le había cogido a aquella pequeña revolucionaria en tan poco tiempo. Empezó a escribir.

Mi queridísima Prudence:

Me veo obligada a marcharme de la ciudad a toda prisa, hay asuntos que me reclaman allí de dónde vengo. No estoy segura de que volvamos a vernos. En cualquier caso, déjame decirte lo maravilloso que ha sido conocerte.

Me gustaría poder contarte muchas cosas que sé que te resultan difíciles de entender, pero como te dije, no son mis secretos para ser revelados. Sin embargo, permíteme que te diga que eres un ejemplo para todas las mujeres, que son jóvenes fuertes y valientes como tú las que conseguirán que las demás seamos tratadas con igualdad.

Te admiro enormemente, amiga mía, por eso te pido, te ruego, que pase lo que pase no te rindas, que sigas luchando con todas tus fuerzas, a pesar de todas las dificultades que tengas que afrontar.
Algún día las mujeres tendremos derecho a voto, te lo aseguro. Tendremos derecho a trabajar y a estudiar, no seremos consideradas débiles objetos de adorno. Podremos elegir lo que hacer con nuestras vidas, y todo será gracias a tu lucha. Eres una heroína. Y te prometo que al igual que yo, muchas mujeres de generaciones venideras te recordarán siempre.

Siento de verás esta despedida tan abrupta, pero odio las despedidas, y me rompería el alma aún más tener que decirte adiós en persona. Llámame cobarde.

Siempre te llevaré en el corazón.

Tú amiga, hasta en la distancia,

Elisabeth.

***

Despedirse de Nathaniel tampoco fue fácil, a pesar de que él sí que sabía lo que estaba pasando. Fue a su casa, no quería a Felina incordiando y metiendo prisa. El joven parecía un muñeco desmadejado, y la miraba con ojos de perro apaleado.

—Te marchas— dijo, al verla aparecer.

—Parece que ha llegado el momento de volver.
—Y aquí me dejas, con un montón de libros y misterios que no alcanzo a entender, y la promesa de que volveremos a vernos dentro de un siglo. ¿Te das cuenta de lo cruel que estás siendo?
—Ojalá pudiera no serlo, Nathan. Pero me parece que en este caso no tengo elección.
—Siempre hay elección.
—Por algún motivo, el mundo necesita lo que sea que vas a descubrir. No puedo interferir.
—Estoy harto de los deberes morales para con el mundo. No le debemos nada al mundo, nos lo debemos a ti y a mí.
—Los dos sabemos que no piensas así. Si no me dejas marchar, acabaré desapareciendo de cualquier forma, y sin opción a volver vernos algún día.

Él agachó la cabeza y la abrazó. Ella apoyó el rostro en su cuello, y dejó que las lágrimas contra las que estaba luchando salieran a flote.

***

Felina la guio hasta un cementerio. Había nevado y el suelo estaba helado y resbaladizo. Habían cogido el coche hasta casa de Prudence, Ingrid había dejado la carta, y se habían alejado sin mirar atrás. Continuaron a pie desde unas cuantas manzanas antes de entrar al camposanto. Felina estaba recelosa y quería asegurarse de que nadie las seguía. Ingrid no entendía quién iba a tener interés en seguirlas, si tampoco habían llamado la atención de nadie hasta tal extremo. No había nada interesante acerca de ellas.
—¿Por qué un cementerio, de entre todos los lugares? – Ingrid se frotó las manos y se echó el aliento a través de los guantes para calentarlas. Era el día más frío de diciembre que había vivido hasta el momento en aquella ciudad. Más aún al anochecer, cuando ni siquiera un mísero rayo de sol se filtraba entre la neblina para reconfortarles mínimamente.
—Porque es un lugar donde nadie se fija en la gente que entra y sale.

—No sé en qué basas esa teoría.
—No es mi teoría, es padre el que decidió ponerlo en este lugar. A mí tampoco me gusta este lugar tan lúgubre, preferiría una chimenea y una alfombra peluda.

Se aproximaron a un mausoleo enorme, y un poco apartado de las demás tumbas. Ingrid tenía la piel de gallina.
—¿Tenemos que entrar ahí dentro? Estás de broma.
—Los fantasmas no van a hacerte nada, no seas cobarde.
—¿De quién es la tumba? – la joven trató de leer la inscripción de la leyenda sobre el arco, pero estaba demasiado oscuro.
—De alguien que tuvo suficiente dinero para construir semejante monumento funerario para sí mismo, pero pocas personas que le quisieran para mantenerlo en buen estado o venir a visitarlo. Es irónico.
—Genial, seguro que era un avaro malvado y su espíritu se ha quedado encadenado a este mundo como condena.
—Cuando volvamos puedes dar rienda suelta a tu imaginación y escribir una novela sobre el fantasma del mausoleo, ahora deja de recular y entra de una vez – la empujó, con impaciencia.

Ingrid atravesó el arco de piedra y quedó sumida en la absoluta oscuridad que le rodeaba en el interior. Oyó a Felina entrando detrás de ella. Avanzó un poco más, y sintió que trastabillaba, pero esta vez no cayó de rodillas. Se dio la vuelta y salió del mausoleo sin esperar a su compañera, y supo inmediatamente que estaba en el siglo XXI. Las farolas eléctricas alumbraban las diferentes calles en las que se dividía el cementerio. El mausoleo era ahora una ruina deteriorada. Los ojos amarillos de Felina brillaron un momento en la oscuridad, antes de que saliese al aire libre. También hacía mucho frío en aquel momento, aunque no había nieve. Supuestamente, aún estaban en noviembre en aquella época. La chica gata se agachó a recoger algo de entre los escombros, y sacó una bolsa de deporte. Le tendió a Ingrid su ropa normal y su bolso.
—Cámbiate.
—¿Aquí?

—No hay nadie, no pretenderás ir vestida de dama victoriana en el autobús.

A regañadientes, Ingrid empezó a librarse del pesado ropaje y sintiendo escalofríos, deslizó la superficie de los vaqueros por sus piernas. Sintió una inmensa liberación al ponerse su enorme jersey de lana sin nada que le oprimiese los pulmones y la cintura.

—Es raro – musitó Felina, mirando a su alrededor.

—¿El qué? – en aquel momento estaba terminando de encasquetarse el gorro hasta los ojos.

—Creía que padre estaría esperándonos aquí, pero no hay ni rastro. Sin embargo, ha hecho el portal, y ha dejado nuestras cosas. – Ella volvía a lucir su extraño traje marrón, con un abrigo oscuro y guantes.

—Hace mucho frío, se habrá ido a esperar a algún sitio. Con todo el dinero que tiene ¿no posee una casa en Filadelfia?

—Sí, tenemos un piso. Pero me había dicho que iba a estar esperándonos.

—Felina, ya sabes que todo esto puede ser un poco impreciso. Estará en casa, cenando.

—No debería ser impreciso, lo hemos hecho todo según lo planeado. Y por lo tanto el debería estar aquí – Se estaba poniendo muy nerviosa. Ingrid casi podía respirar la intranquilidad que emanaba. A ella también se le hacía raro que Nathan no estuviera allí, pero estaba segura de que había alguna explicación. Por otra parte, Felina poseía un instinto del que ella carecía. – Bueno, vamos a casa – resolvió, finalmente, con un rictus tenso en el rostro.

Se acercaron a la parada del autobús más cercana. Ingrid no prestó mucha atención, su compañera parecía tener muy claro a dónde se dirigían. Sacó el móvil de su bolso. Tenía llamadas perdidas de los abuelos y de Alfie. Según la fecha del móvil, había pasado un día desde que se había marchado de casa. Día y medio, ya que se estaba haciendo de noche. Más o menos lo que le había costado a Nathaniel desplazarse hasta Filadelfia y prepararlo todo para abrir el portal.

Les escribió un mensaje diciéndoles que estaba bien, que al día siguiente iría a visitarles. La abuela, muy moderna, le mandó un emoticono con una carita sonriente, pero Alfie le llamó.

—¡Ingrid! ¿Dónde estás? – Iba a pedirle muchas más explicaciones de las que había previsto, dado el tono de alarma que percibía en su voz.
—En Filadelfia – se oyó un silencio al otro lado de la línea.
—¿Qué haces en Filadelfia?
—Tuve que venir corriendo, por una cosa del trabajo. Con esto he concluido el reportaje, Alfie. He terminado.
—¿Cuándo vuelves?
—Voy a pasar la noche aquí y mañana a primera hora saldré para allí, no te preocupes.
—Tienes que dejar de desaparecer sin avisar.
—Es la última vez. Te lo prometo.

11

El piso estaba desierto. Era un loft moderno decorado con buen gusto, pero parecía no haber estado habitado en meses. La calefacción no estaba encendida, e Ingrid era capaz de ver el vaho que emanaba de su respiración. Felina estaba cada vez más inquieta.

—¿Padre? – la voz de la chica sonó como un maullido asustado.

—¿Nathan? – llamó ella, dejando la bolsa de deporte al pie de las escaleras, y subiendo al piso de arriba.

Todo estaba extremadamente pulcro, pero silencioso. Alguien había limpiado, y se había ido.

—No está, Ingrid, no está – Felina tenía el cabello erizado en la coronilla.

—Tal vez esté cenando fuera.

—¡No! Ni siquiera ha llegado a estar en casa. No detecto su olor.

—Pero todo está muy limpio…

—Vienen a limpiar la casa una vez a la semana, incluso cuando no estamos aquí – Ingrid sintió ganas de abrazar a la chica por primera vez, tan evidente era su angustia.

—Tal vez lo entendimos mal. Tal vez nos está esperando en Michigan, en casa, junto al otro portal.

—¡No, Ingrid! No lo entiendes. No está en Michigan. Lo han encontrado… — se encogió, abrazándose las rodillas.

—¿Quién? – se agachó junto a ella – Felina ¿Quién lo ha encontrado? ¿De quién se escondía?

—De ellos. De los que quieren conocer los secretos del tratado.

—Pero ¿quiénes son ellos? – Ingrid sentía que estaba empezando a contagiarse de su histeria.

—¡No lo sé! ¡Hay muchos que lo buscan! Servicios de inteligencia que trabajan para gobiernos, mafiosos, capos de la droga, empresarios…

—¿Tanta gente hay que conoce su secreto?

—No tanta, pero la suficiente. Animado por sus progresos, Nathaniel ignoró la primera norma de Abraham Levi, cuanto menos se sepa, mejor. Empezó a publicar artículos, y empezó a llamar la atención. Algunas personas poderosas se interesaron. Quisieron comprar el tratado. Le ofrecieron mucho dinero, le ofrecieron trabajo. Pero a Nathaniel eso le daba igual, claro, él ya puede tener todo el dinero que quiera. Entonces le empezaron a considerar peligroso, cuando vieron que no podían comprarle. Y las ofertas se convirtieron en amenazas, y tuvimos que desaparecer. Ocultarnos. Cambiar de nombre, comprar otras propiedades y poner en venta las antiguas. Dejar de ser caras públicas en las distintas universidades.

—¿Cuándo pasó todo eso?

—Hace muchos años. A veces se olvidan, pero de pronto se acuerdan. Ellos cambian, mueren, llegan al poder... Nosotros permanecemos. Así que ellos se legan la búsqueda del tratado.

—¿Por qué escribió artículos y luego no quiso vender el tratado?

—Porque el tratado contiene información que puede llegar a ser muy peligrosa, y esa gente no le gustó. No le gustaron sus intenciones.

—Y ¿qué quieren de él? – Ingrid notaba cómo el pánico iba apoderándose de ella.

—Que les diga dónde está el tratado. Pero si se lo dice, sin más, lo más seguro es que lo acaben matando.

—Y ¿cómo sabemos dónde lo tienen, y quién? – Recordaba al aterrorizado Abraham Levi cambiando de identidad, pero de eso habían pasado siglos, literalmente. A pesar de que sabía que el Nathan del presente también vivía oculto, no había sido consciente hasta aquel preciso instante de que pudiese existir una amenaza real para él.

—No podemos saberlo – Felina enterró la cabeza entre las rodillas – Podría estar en cualquier parte.

—Todavía no. Quiero decir, llegó a Filadelfia, y le dio tiempo de abrir el portal. Le ha dado tiempo, quiero decir, se supone que ha sido hoy mismo. Si lo han cogido ha tenido que ser hoy. Podemos estar a tiempo de encontrarlo. Estaciones de bus, de tren...

—Ingrid, ¿de verdad piensas que esta gente se mueve en transporte público teniendo a alguien secuestrado?

—Estoy tratando de pensar alguna solución. – Había empezado a caminar en círculos alrededor del diáfano vestíbulo, pero se detuvo en seco al oír el pesimismo en la voz de la chica gata.

—No hay solución.

—Felina ¿cómo puedes decir eso? Acabamos de estar en 1880, después de eso, ya no hay nada imposible.
—No hay nada imposible para él. Pero nosotras no tenemos ningún medio sin él. Estamos perdidas.

Ingrid tenía ganas de abofetearla por ser tan sumamente derrotista, pero lo cierto es que por más que se devanaba los sesos, era incapaz de llegar a elaborar ningún plan brillante. De hecho, lo único en lo que podía pensar era que después de un siglo, lo había vuelto a perder.

Al cabo de unos minutos, se acostó en la cama, incapaz de seguir de pie, y se sumió en un sueño intranquilo y abarrotado de pesadillas que la hacían despertarse sobresaltada cada poco tiempo. Soñaba que le tenían en una especie de celda. Hombres encapuchados a los que no era capaz de ponerles rostro. Él estaba ensangrentado, atado a una silla, y negaba con la cabeza antes de recibir otro golpe. Empezó a gritarles, intentando que pararan, pero en aquella pesadilla ella era un mero espectador sin voz ni capacidad de acción.

Abrió los ojos de repente y se encontró el iris amarillo de Felina alumbrando su rostro como una linterna. Se llevó la mano al pecho, tratando de controlar los latidos de su corazón.
—¿Qué estás haciendo? Casi me provocas un infarto.
—Tal vez sí podamos hacer algo – dijo la chica, que parecía más una niña dubitativa que una adulta.
—¿El qué? – Ingrid se incorporó de un salto, librándose del edredón en el que había quedado atrapada tras las múltiples vueltas que había dado en sus pesadillas.
—Encontrar el tratado antes que ellos.
—¿Por qué? – No veía cómo encontrando el tratado iban a encontrar al alquimista.
—Porque sería lo que él querría.
—Hablas de él como si estuviera muerto. Me niego a darlo por perdido.
—Ingrid, Nathaniel ha vivido 155 años, la muerte no le parece una perspectiva tan horrible comparada con la idea de que su tratado, el trabajo de toda su vida, acabe en las manos equivocadas.

—Y ¿no vamos a hacer nada por rescatarlo?
—¿Crees que para mí es fácil asumir todo esto? ¿Crees que quiero dar por muerto a mi padre, mi creador, el único ser al que he querido? Mi existencia sólo tiene sentido con él. – Felina se erizó, furiosa – Lo odio, odio esta sensación de impotencia, esta frustración de no saber qué le estarán haciendo, si aún está vivo, si alguna vez voy a volver a verle. Pero ante la incertidumbre sólo tengo una solución; actuar tal y como él me ha enseñado. Hay que mantener la cabeza fría y pensar en salvar el tratado, su legado, y ponerlo en un lugar seguro para que ni él mismo, en medio de la peor de las torturas, pueda decir dónde está.
—Nosotras tampoco sabemos ahora dónde está, así que no veo que tu plan tenga mucho sentido – estaba luchando porque la amargura no tomara control de sus sentidos y la hiciera romper a llorar, pero se sentía más bien vulnerable.
—Estoy segura de que si pensamos lo suficiente, podremos deducirlo. Nosotras conocemos a Nathaniel mejor que nadie. Sólo tenemos que pensar; si fuéramos él, ¿dónde lo habríamos escondido?
—En Michigan. Parece que allí no eran capaces de encontrarle, así que es un lugar más seguro.
—Eso tiene sentido. Todos esos bosques, todos esos lagos…
—Pero sigo sin querer darme por vencida, tenemos que hacer algo para encontrarlo.
—Ingrid, a no ser que tengas poderes extraordinarios que has mantenido ocultos hasta ahora, sinceramente, no veo cómo.
—¿Y tú? ¿No tienes poderes ocultos? ¿No deberías ser una especie de…? No sé, ¿Catwoman? – preguntó, desesperada.
—Tengo más reflejos que tú, sentidos mucho más agudos, y obviamente una mayor inteligencia, pero creo que nada de esto entra en la categoría de poderes especiales. Me temo que Nathaniel no era un gran aficionado a los superhéroes, así que no se planteó el alterarme tanto como para poder hacer cosas extraordinarias. Y ahora, deja de decir tonterías y sigue pensando. Mañana volvemos a Michigan.

***

El viaje de vuelta fue mucho más corto y cómodo que a la ida. Las dos iban acurrucadas en sus respectivos asientos, con la vista en el paisaje que saludaba fugazmente a través de la ventanilla. Apenas habían hablado aquella mañana. Ingrid estaba enfadada con Felina por su derrotismo, y enfadada consigo misma por no ser capaz de pensar algo útil.

Su mente había sido conquistada por una angustia que se extendía hasta el pecho y le dificultaba la tarea de respirar.

Felina se empeñó en quedarse con ella en vez de volver a la mansión. Ingrid supuso que le aterrorizaba encontrarse en aquellos pasillos enormes de techos altos completamente sola. En muchas cosas no dejaba de ser una niña grande y extraña. Llegaron a casa, y le preparó la habitación que había sido suya en la época en la que veraneaba allí con sus padres, inocente y completamente ajena a todo tipo de complot mundial para cambiar el curso de la historia. Encendió la calefacción y se dejó caer en el desgastado sofá cubierto de tapetes de ganchillo. Se sentía sumamente agotada. Felina se sentó junto a ella.

—He estado pensando una cosa – hizo una pausa, pero Ingrid siguió con la mirada perdida en algún punto lejano detrás de la televisión —¿Por qué nos mudamos a Michigan?

—¿Qué?

—Yo nací en Filadelfia. No nos mudamos a Michigan hasta cierto tiempo después. ¿Por qué Michigan?

—Porque el paisaje es hermoso e inspira tranquilidad.

—No seas sarcástica, estoy diciendo algo importante. Nathaniel nunca había estado antes en Michigan, menos en un área tan recóndita. No conocía a nadie aquí, no tenía amigos ni familiares por la zona. Bueno, eso era normal, los sobrevivió a todos, por eso me creó, para hacer frente a la soledad… pero el caso es que nada le ataba aquí, y sin embargo esta fue siempre su única opción clara. Lo único que se me ocurre es que tú le dijiste que venías de Michigan, que tu familia era de aquí y que pasabas los veranos en este pueblo con tus abuelos.

—¿Qué? – Una pequeña luz se encendió en el cerebro de la joven, aunque no alcanzaba a conectar todavía todas las ideas que empezaban en embarullarse en él.
—De la misma forma que tú le llevaste hasta su mentor, Abraham Levi, padre vino aquí guiado por la esperanza de poder encontrarte.
Ingrid recordó algo de pronto. Un recuerdo largamente enterrado en su memoria.

Se encontraba con Alfie volviendo a casa después de bañarse en el lago. Tendrían diez años. Pasaron por delante del cuartel general y vieron a un hombre mirándolos sentado junto a las raíces del árbol.

Era un hombre joven, moreno, de pelo ondulado y ojos grises. Era Nathaniel. Alfie y ella se habían puesto a la defensiva. No les gustaba la idea de tener un extraño rondando por las inmediaciones de su refugio.
—Hola – saludaron al unísono, inseguros.
—Hola. Vaya fortaleza habéis construido ahí arriba ¿eh?
—Nuestros padres nos han ayudado – aclaró Alfie.
—Por supuesto, pero la idea ha sido vuestra ¿verdad? – Asintieron, con una mezcla de orgullo e inseguridad. – Me pregunto si es lo suficientemente fuerte para resistir cualquier ataque.
—Por supuesto que sí – Alfie pareció indignarse ante la mención de que su diseño de la casa del árbol no fuese lo suficientemente seguro – Sólo puede subirse por un sitio, y si se cierra la trampilla nadie puede subir. Además, arriba tenemos un montón de munición.
—¿Munición? – Nathan esbozó una sonrisa divertida.
—Sí. Una cesta llena de piedras y piñas – aclaró Ingrid – Y tenemos tirachinas, y ahora estamos fabricando una catapulta.
—Vaya, sí que estáis preparados para todo. Me pregunto si me podríais ayudar. – Los niños se encogieron de hombros – Necesito que escondáis una cosa por mí.
—¿Qué cosa? – Alfie e Ingrid intercambiaron una mirada dubitativa.
—Es un cofre del tesoro – se les iluminó la mirada. Nathan se levantó y dejó ver la caja de madera sobre la que estaba sentado.

—¿Qué hay en el cofre? – preguntó Ingrid, curiosa.
—Libros – aclaró él. Levantó la tapa y se los mostró – El tesoro más valioso del mundo.
—¿Sólo libros? – Alfie parecía decepcionado — ¿Nada de rubíes o esmeraldas? – Nathaniel se echó a reír.
—Son libros muy especiales, amigo. ¿Me haríais el favor de esconder mi cofre del tesoro en vuestro cuartel hasta que pueda volver a por él?
Y así lo hicieron. Pero el señor extraño dueño del cofre del tesoro no volvió, así que pasó a ser una más de sus valiosas posesiones.

—Sé dónde está, Felina. Sé dónde está el tratado.
—¿Dónde? – sus pupilas se dilataron tanto que dejó de apreciarse el amarillo de los iris.
—Donde se guardan todos los tesoros, por supuesto. – dijo Ingrid, sintiendo una arrebatadora emoción – Vamos.

Se puso el abrigo, y la chica la siguió en silencio. Salieron y caminaron a paso ligero entre la nieve, sin tener miedo a resbalar. Ingrid sentía que si tenían el tratado en sus manos, podrían hacer algo para rescatar a Nathaniel.

Alfie había asegurado los tablones de madera que ascendían al cuartel. No estaba segura de cuándo, pero lo había hecho recientemente. Treparon sin dificultad, e Ingrid abrió la trampilla. La casita seguía estando tan polvorienta y descuidada como la última vez, pero eso significaba que nadie había subido, y que por lo tanto todo seguía en su sitio. Felina se deslizó tras ella.
—¿Qué sitio es este? – hizo un gesto de disgusto.
—Mi cuartel general. Era donde mi amigo Alfie y yo teníamos las reuniones importantes y donde guardábamos nuestra colección de tesoros.
—¿Qué te hace pensar que el tratado está aquí?
—Yo le hablé a Nathan de este lugar. Y además, he recordado que él nos lo dio.
—¿Cómo que os lo dio?
—Un verano, cuando teníamos nueve o diez años. Lo acabo de recordar, pero era él. Un hombre se nos acercó y nos pidió que

guardáramos su tesoro. Era Nathaniel, pero yo lo había omitido de mi memoria hasta ahora, porque nunca volvimos a verle, y se nos olvidó por completo, ya que su tesoro eran un montón de libros carentes de interés para nosotros.

—Así que por fin te has acordado de él.

—¿Por fin? – miró a la chica gata, sin comprender.

—Desde que nos mudamos a Michigan, siempre tuvo un ojo en tu familia. Primero en tu abuela, luego en tu padre, y finalmente en ti. No sabes lo emocionado que estaba cuando te trajeron aquí de bebé.

—Eso suena un tanto siniestro.

—No seas mal pensada. Tú eres la elegida. Su elegida. Y ya existías en el mundo. Ansiaba que llegaran los veranos para verte jugar desde la distancia. Imagina que tú pudieras presenciar la infancia de la persona a la que amas. Ver cómo ha ido creciendo, cómo se ha ido desarrollando como ser humano, cómo resolvía sus problemas, cómo daba alas a su imaginación y a sus inquietudes. Es por eso por lo que tomáis fotografías ¿no? ¿No se las enseñáis a vuestra pareja mientras le contáis cómo fue vuestra vida? Él había esperado suficiente, así que decidió verlo por cuenta propia. Y entonces, conforme te fuiste haciendo mayor, empezaste a venir con menos frecuencia. Hasta que un año no viniste. No tienes ni idea del pánico que le entró. ¿Cómo íbamos a encontrarte entonces? – Hizo una pausa – pero yo te encontré. Yo descubrí que habías vuelto. No fue tan difícil, en realidad. Eras la comidilla de la zona. La niña española de Gabriel, la nieta de Betty y Manuel había vuelto al pueblo. De forma indefinida. El resto ya lo sabíamos, claro, porque tú se lo contaste a Nathan en 1880. Sólo hubo que poner el anuncio para pescarte.

Ingrid permanecía inmóvil en el suelo, reflexionando. Ni siquiera sentía el frío que le transmitía la humedad de la madera a través de los vaqueros, a pesar de que le estaba perforando cruelmente la piel.

—¿Por qué todo el círculo? Podría haber sido cualquiera. Nathaniel estaba convencido de que tenía que ser yo porque me había conocido en el pasado, pero me conoció en el pasado precisamente porque él me envió desde el presente, porque debía conocerme para interesarse en la

alquimia. ¿Cómo encajo yo en toda esa historia cíclica? Es como si estuviera predestinada y no hubiera forma de escapar.
—No hay nada predestinado. Mira Ingrid. Si tú hubieras mandado a Nathan al garete porque hubieras pensado que era un loco y no le hubieras creído, él habría muerto en el pasado posiblemente, o tal vez se hubiera interesado por la alquimia de otra forma, puede que entonces yo no existiera, o puede que sí. Son posibilidades que nunca llegarán a existir pero que hubieran podido ser si tú hubieras decidido no tomar parte. Si bien es cierto que una sola decisión puede alterar completamente el curso de las cosas, no deja de ser una decisión voluntaria y consciente que tú tomas.
—¿Te has hecho más sabia con el paso de los días?
—No, pero tú ahora me hablas como a otro ser humano adulto, sin suspicacias ni dudas acerca de lo que soy. En algún momento has dejado de tener prejuicios contra mí, contra lo antinatural que te parece mi existencia, y me has aceptado como igual.
—Y ¿tus prejuicios hacia mí?
—Yo nunca he tenido prejuicios hacia ti. He pasado mi vida esperando a que llegaras. Eres la elegida de mi padre. Pero cuando me mirabas con miedo no me gustabas. Es así de simple. Ahora ya no lo haces. ¿Me vas a decir de una vez dónde escondisteis el maldito tratado?

Ingrid se arrastró hasta una de sus improvisadas estanterías hecha de los diversos e inestables materiales que habían ido recolectando, y empezó a vaciarla. Felina la observó trabajar, ataques de tos provocado por el polvo, incluidos, sin inmutarse ni hacer ademán de mancharse para ayudarla. Cuando por fin sacó todos los objetos extraños que habían conseguido robar de alguna chatarrería y llegó a lo que en sí era la base de la estantería, sopló, y una nube gris invadió la casita del árbol. Cuando pudieron volver a abrir los ojos, allí estaba el baúl del que el alquimista les había hecho responsables hacía tantos años.
—Pensamos que ya que era el tesoro de otro, que había confiado en nosotros para custodiarlo, debíamos guardarlo aún con más celo, así que lo camuflamos y lo hicimos pasar por parte del mueble.
—Brillante.

—Fue idea de Alfie. Siempre tenía recursos para todo.

Se sentaron en torno al baúl, y abrieron con cuidado la tapa. Las bisagras chirriaron, emitiendo un sonido similar a un agudo quejido de alguien que despierta tras un largo letargo. Empezaron a sacar libros. Había varios clásicos de la literatura universal, en varios idiomas. Ingrid sonrió. Allí estaba Cien años de Soledad. Su abuela habría estado encantada de saber que el hombre del que se había enamorado consideraba el libro como parte de su tesoro. Felina pareció leerle la mente una vez más.

—Tu abuela conoce a Nathaniel.

—¿Cómo? – se le cayó el libro del susto.

—No con el nombre de Nathaniel, claro, pero lo conoció en la universidad cuando estaba estudiando. Él ha tenido la oportunidad de asistir a diferentes universidades y estudiar distintas materias, incluida la literatura. Fue su profesor.

—¿En serio?

—Puede, de hecho, que fuera él quién le sugiriese que fuera a investigar a España. Es decir, era necesario que conociese a tu abuelo para que algún día tú estuvieras aquí.

—Es decir, que ha estado condicionando mi vida desde antes de que yo naciera. ¿Qué ha pasado con eso de no intervenir?

—Igual que tú condicionaste la suya. De todas formas, tu abuela se enamoró perdidamente de tu abuelo y viceversa sin intervención alguna. Esas cosas no se pueden amañar de ninguna forma, como bien sabes. Igual que tú y él. Parece que todas vuestras decisiones están guiadas a que en algún punto espacial y temporal os encontréis. Como si fuerais dos imanes que se atraen desafiando todas las leyes de la física. – Abrumada por toda aquella información, permaneció callada. No sabía si le gustaba la idea o le provocaba un deseo irrefrenable de salir huyendo.

El tratado se encontraba al fondo del quejumbroso baúl. Ingrid lo reconoció al instante. Ni siquiera estaba encuadernado. Era un contundente fajo de papeles viejos atados entre sí con cuerdas, sin ningún tipo de portada. Lo tomó con delicadeza, temiendo que se desintegrara al tacto, pero aguantó sin problema.

La primera página tan sólo tenía una frase. Estuvo a punto de romper a llorar al leerla.

La magia empieza en el suspiro que se escapa de tus labios.

Era la broma que le había gastado bajando las escaleras aquella noche, lo que se había puesto a escribir semidesnudo sentado de espaldas al fuego de la chimenea.

Tomo aliento y empezó a pasar las páginas con cuidado. La introducción era lo único que tenía sentido para ella, ya que la habían escrito juntos, pero conforme el conocimiento de Nathan había comenzado a ser más profundo, las anotaciones se volvían más crípticas e imposibles de entender. Había letras diferentes. Al principio la que Ingrid intuyó que era la letra de Abraham Levi (había de hecho hasta alguna carta suya escondida entre las páginas, con diversos garabatos e inscripciones en alfabetos que le resultaban completamente desconocidos).

—¿Qué pasó con Abraham Levi?

—Falleció.

—¿Está muerto? – Era tan extraño como desolador pensar en los pocos días que habían pasado desde que había estado bebiendo vino junto al zalamero alquimista.

—La inmortalidad no es algo tan hermoso como prometen, Ingrid. Ahora valoras la vida porque sabes que tiene un final. Pero cuando has vivido cientos de años como Abraham, cuando ya lo has probado todo, y no haces otra cosa que despedirte de seres queridos, cuando tienes que empezar a aislarte del mundo para que nadie sospeche, empieza a ser difícil continuar con tu existencia sin que el tiempo te afecte. Llegó un momento en que consideró que había vivido lo suficiente, y que estaba cansado. Así que simplemente permitió que sus células volvieran a envejecer. No fue nada violento, y creo que es la decisión que le hizo más feliz.

—¿Morir?

—Volver a sentirse humano.

12

Bajaron del cuartel general y rehicieron sus pasos hasta casa, en silencio. Ingrid tenía muchas preguntas en la cabeza, la existencia se le hacía extremadamente compleja de pronto, y Felina parecía taciturna. Habían acordado volver a esconder el tratado hasta que decidieran qué hacer con él. La chica gata tenía sus reparos, asustada de que alguien la relacionara con Nathan y encontraran el tratado en caso de ir a buscarlas. Ingrid no veía posible que alguien la relacionara con Nathan, pero optó por no llevarle la contraria en aquello. Si ella se sentía desorientada, no alcanzaba a pensar cómo se estaría sintiendo Felina.

Salió por la tarde, dejándola acurrucada en el sofá. Le había prometido a Alfie que iría a verle en cuanto llegase. Pasó a saludar a los abuelos, y tras el rapapolvo de la abuela por parecer veinte kilos más delgada, algo sólo comparable a las enormes ojeras que adornaban su rostro, y ser interrogada acerca de su estancia en Filadelfia, enfiló caminando hacia casa de Alfie. Hacía mucho frío, pero el frío le hacía mantener la mente despejada.

Le dio un reconfortante abrazo al verla, e Ingrid se quedó unos instantes entre los enormes brazos de su amigo, abstrayéndose momentáneamente de la realidad.

—Pareces agotada – la cogió por los hombros y la inspeccionó minuciosamente, y ella temió un segundo rapapolvo en menos de media hora, pero él se contuvo al ver la mirada suplicante que le dirigió – Supongo que Betty ya ha dicho todo lo que tenía que decir.

—Así es. Pero en seguida llegará la navidad y podrá cebarme sin compasión. Yo me dejaré y seré gorda y feliz.

—Es un pensamiento de lo más alentador. Habla bajito, mamá está durmiendo. Estas últimas sesiones de quimioterapia la están dejando agotada.

Ingrid se sentó en el sofá mientras su amigo trajinaba por la cocina preparando café y poniendo un bote gigante de pastas en una bandeja.

—Bueno ¿y qué has estado haciendo en Filadelfia tan urgente para irte sin avisar? – había un ligero reproche en su voz, e imaginó de inmediato que le había preocupado. Alfie se parecía cada vez más a su abuela.

—Tenía que hablar con alguien para el reportaje. Sólo iba a estar en la ciudad un día, así que era vital que le encontrara y hablara con él. Con su testimonio, doy por finalizado mi trabajo.

—Qué misterioso.

—¿Sabes, Alfie? – De repente tuvo una idea – Este hombre al que conocí me planteó un juego de ingenio, una adivinanza. Pero no he conseguido resolverlo. Necesito tu ayuda.

—¿Una adivinanza? Dispara – su sonrisa se ensanchó, como siempre que se sentía confiado cuando alguien le retaba a resolver algo.

—Bien, veamos. Un hombre ha sido secuestrado. Tiene escondido algo que sus secuestradores quieren. No quiere decir dónde está porque tiene que evitar a toda costa que sus secuestradores lo tengan, pero le torturan de todas las formas posibles, y lo retendrán de forma indefinida hasta que revele el escondite. Si lo revela, además, lo más probable es que lo maten, porque ya no lo necesitan. Su desaparición no puede denunciarse a la policía porque legalmente no existe. Sin embargo, hay dos personas que saben dónde está lo que esconde y quieren rescatarlo, pero no saben quiénes son los secuestradores. Imagina que eres una de esas personas. ¿Qué harías?

—Qué acertijo más raro, Ingrid. ¿Quién no existe legalmente? ¿Es que el secuestrado se hizo pasar por muerto y no puede resucitar milagrosamente o algo así?

—Algo así. Ese dato no es importante. ¿Cómo lo rescatas?

—Bueno. La cuestión del asunto está en el objeto que los secuestradores quieren. Si falsificases el objeto ¿podrían reconocerlo? ¿Es una obra de arte famosa, o un diamante que alguien pueda descubrir que es falso?

—No. Nadie lo ha visto ni tienen forma de comprobar su autenticidad hasta dentro de un tiempo.

—El objeto tendrá un uso, imagino.

—Sí, lo tiene.

—Entonces es posible que mantengan con vida a mi amigo un tiempo para averiguar cómo funciona.

—Eso no lo sabemos. Mejor no contar con ello. – Ingrid observaba atentamente cómo Alfie pensaba. Casi podía sentir sus neuronas trabajando al doscientos por cien.
—Bueno. Puede falsificarse el objeto, y entonces hacer público que se tiene. Imagino que los secuestradores lo seguirán buscando, aunque tengan a mi amigo. Si se usa un cebo con la falsificación, puede rastrearse la pista de los secuestradores hasta el lugar en que tienen a mi amigo, y entonces rescatarlo.
—¿Cómo?
—Con la capa de invisibilidad y alguna distracción en otro piso.
—¡Alfie! – Le propinó un puñetazo en el hombro. Estaba convencida de que iba a dar con la solución.
—¿Qué?
—Eres un *muggle*, no tienes capa. Digamos que no tienes muchos más recursos, tendrías que ser más bien McGiver.
—En tal caso, una distracción sigue siendo válida, y en vez de capa de invisibilidad, sigilo.
—¿Cómo vas a entrar en un edificio lleno de matones siendo sigiloso y esperar escapar con tu amigo secuestrado indemne?
—No tengo que entrar yo, necesariamente. – Se encogió de hombros, como si la respuesta fuese más que evidente.
—¿Cómo qué no?
—Puedo seguirles y llamar a emergencias, como si fuera un ciudadano histérico diciendo que creo que están matando a alguien en ese lugar, y dejar que la policía actúe. – Ingrid lo miró de hito en hito – No pongas esa cara de besugo. No puedo denunciar su desaparición, pero puedo hacer que lo encuentren por casualidad, se deshagan de sus captores por mí, y cuando esté en urgencias con una buena dosis de cura, sacarlo del hospital y llevármelo donde nadie pueda encontrarlo; a él, y al objeto real.
—Oh, Alfie. Eres un genio. Un maldito genio – se abalanzó sobre él y lo empezó a cubrir de besos.
—Qué efusividad, Ingrid, sólo era una adivinanza.

***

La parte más difícil de todo el plan, como Felina le hizo notar, era conseguir atraer la atención de los secuestradores, fueran quienes fueran, sin que las rastreasen y dieran con ellas.

Sin embargo, estuvo de acuerdo con el resto del planteamiento, así que, a falta de una idea mejor, empezaron a transcribir el tratado alterando su contenido. A Ingrid no le resultó difícil hacerse con papel de aspecto gastado, el abuelo tenía por costumbre acumular montones ingentes de cosas viejas y aparentemente inútiles.

Volviendo a redactar página por página, la joven empezó a encajar algunas piezas del puzle, aunque seguía siendo incapaz de comprender la mayoría de lo escrito. Sin embargo, por la noche, cuando oía la pesada respiración de Felina al otro lado de la pared, intentaba susurrar algunos sonidos que le había parecido entender, sin muchos resultados. Además, prefería no dormirse. Las pesadillas la acosaban cada noche, mostrándole a Nathan torturado de diversas maneras.

—Tu amigo Alfie ¿es de confianza? – Inquirió Felina, meditabunda, unos días más tarde, mientras se afanaban en la escritura.

—Sí, claro ¿por qué?

—Ya que todo este plan ha sido idea suya, quizás pudiera seguir echando una mano.

—Felina, no quiero mezclar a Alfie en todo esto. Es demasiado peligroso.

—No, claro, y tampoco podemos revelarle la verdadera naturaleza de Nathaniel ni por qué le han secuestrado. Sin embargo, tal vez a él se le ocurra cómo atraer la atención de los que lo tienen. Al fin y al cabo, él es científico ¿no? Conocerá algún canal de divulgación en el que pueda publicarse algo.

—No sé si es buena idea.

Pero acabó cediendo. En realidad, ella no tenía contactos en revistas científicas ni conocía muy bien el mundillo. Se había reincorporado al trabajo en la librería, ya que con el frío al abuelo a veces le dolían las articulaciones, y la abuela había insistido en que no se pasara horas trajinando entre las estanterías cargando cajas pesadas. Alfie acudió aquella tarde, a su llamada.

—¡Hola! Últimamente suenas de lo más misteriosa, ¿de qué me tienes que hablar esta vez? ¿Algún nuevo acertijo que te sientas incapaz de resolver?
—En verdad quería pedirte ayuda en un tema laboral. Ingrid echó una mirada dubitativa a la trastienda para asegurarse de que los abuelos nos estaban escondidos en algún rincón. Manuel parecía tener poderes de aparición y no llevaba nada bien estar alejado de la librería.
—¿Ah, sí?
—Sí. Necesito publicar un artículo en una revista de divulgación científica.
—Ingrid, no dudo de tu capacidad como periodista, pero ¿qué pinta un artículo tuyo en una revista científica?
—Bueno, he escrito algo que creo que le interesará a cierto grupo de personas – Alfie frunció el entrecejo y la miró con suspicacia.
—¿Qué grupo de personas?
—Bueno, algunas personas de diferentes colectivos, en realidad podría haber más de un interesado.
—¿El artículo está relacionado con el reportaje que has estado haciendo para el científico chiflado y que supuestamente ya has acabado? – Ingrid se removió incómoda. Si ya de normal le resultaba difícil mentir, mentirle a Alfie era una tarea casi imposible.
—¿Qué te hace pensar eso?
—Que hasta que empezaste a trabajar con él nunca habías sido una apasionada de la ciencia. ¿Tiene que ver con él o no?
—Es posible.
—Y ¿por qué no lo publica él mismo? Es el que sabe de qué habla, al fin y al cabo… — Abrió los ojos como platos y la miró de hito en hito — ¿Dónde está el científico y por qué quieres publicar algo que supuestamente era tan secreto que ni siquiera me lo contaste a mí?
—Alfie…
—¡Oh dios mío! – Ingrid supo al instante que lo había encajado todo – Lo que me contaste el otro día, no era una adivinanza ¿verdad? Es a él al que han secuestrado, y no era un objeto, sino un descubrimiento lo que andan buscando. Por eso te fuiste tan repentinamente a Filadelfia, y por eso has estado sin dormir lo que parece un año. Y ahora estás

intentando seguir el plan que me sonsacaste publicando algo relacionado con el descubrimiento como cebo.

Ella se quedó en silencio, mientras él le taladraba acusadoramente con la mirada. No sabía qué decir, se suponía que no podía contarle nada, y, sin embargo, por otra parte, Alfie siempre había sido su mejor aliado, su compañero leal e inseparable, y se moría de ganas de contarle todo, de compartir aquella carga y que su cerebro lógico y práctico le ayudara a resolver todo aquel entuerto en el que ella estaba demasiado emocionalmente implicada.

—¿En qué lío te has metido, Ingrid?

—No puedo contártelo, de verdad…

—Si esperas que te ayude, vas a tener que hacerlo. Iré a tu casa esta noche, y espero que tengas todas las explicaciones preparadas.

—Alfie, no quiero involucrarte, cuanto menos sepas mejor. De verdad.

—Ya me has involucrado. Además, ¿crees que puedes meterte en algo así y dejarme fuera? Somos un equipo, tú y yo; tú eres la experta en meterte en líos, y yo el experto en sacarte de ellos. Al menos hazme algo rico de cenar para que las malas noticias queden paliadas por una deliciosa cena. – Salió de la librería sin darle tiempo a responder.

Felina se puso histérica cuando le comunicó que Alfie lo había averiguado todo y que iba a venir a cenar.

—¿Qué vamos a hacer?

—Contarle todo, Felina. – Sabía que intentar convencerla sería como darse cabezazos contra la pared, pero estaba decidida.

—¿Cómo le vamos a contar todo? ¿Estás loca? Nathaniel nos mataría.

—Nathaniel también fue científico primero, y creo que le caería muy bien Alfie. Además, confía en él. Nos entregó el tratado a los dos ¿recuerdas? Podría haber esperado a que estuviese yo sola, pero indirectamente lo involucró a él también hace once años.

—Ingrid, no te va a creer.

—Nathaniel me acabó creyendo, yo acabé creyendo a Nathaniel, y Alfie sabe mucho más de partículas y esas cosas como para encontrarlo todo verosímil. Y tú estarás aquí. Eres la prueba viviente de lo que puede llegar a hacerse. Ya sé que no te gusta la idea de mostrarte – añadió, viendo la cara que le ponía – pero es alguien de total confianza. Y necesitamos su ayuda.

—Reconozco que su idea de cómo resolver el secuestro de Nathaniel es muy buena, pero tú eres lo suficientemente arrojada y valiente como para rescatarlo sin su ayuda. Y no eres tonta. Te las puedes apañar. Nos las podemos apañar.

—Felina, por favor. Es que no quiero hacerlo sola. Me aterroriza todo lo que está pasando, y claro que voy a hacer algo, pero si tengo a mi mejor amigo respaldándome estoy convencida de que nuestras posibilidades de éxito aumentarán el triple.

Alfie se plantó en casa puntualmente a las ocho y media. Había traído un pudding, sabiendo que, a pesar de su sugerencia, la habilidad de Ingrid en la cocina era limitada. Ella tomó aire profundamente antes de abrir la puerta y le recibió con una sonrisa.

—Alfie, antes de que entres, no estoy sola en casa. Hay una chica aquí que es un poco especial… No te asustes.

Él entró, un tanto dubitativo ante su advertencia, y se quedó plantado en medio de la sala. Felina estaba sentada en el sofá, con su habitual gesto de indiferencia, y clavó sus pupilas alargadas en él. *Al menos no le ha sonreído para enseñarle los colmillos de primeras.*

—Alfie, ésta es Felina Hawk, la hija de Nathaniel Hawk, el científico desaparecido para el que he estado trabajando.

—Hola – se esforzó en esbozar un amago de sonrisa amistosa, que quedó en un intento tenso. Felina movió la cabeza en señal de asentimiento, sin pronunciar palabra.

—Siéntate – indicó Ingrid – Bueno, ya sabes cuál es la situación general. Alguien, no sabemos quién, porque había varios grupos interesados en sus descubrimientos, ha secuestrado a Nathaniel en Filadelfia para intentar conseguir el tratado en el que explica todo.

—Vale. ¿Quién es Nathaniel Hawk y por qué si sus descubrimientos son tan importantes no he oído hablar de él? Yo me dedico a lo mismo. Además, dijiste que no puedes denunciar su desaparición porque teórica y legalmente no existe. Como si se hubiera hecho pasar por muerto.

—Nathaniel nació en 1860, Alfie.

—¿Perdona?
—Me has oído bien. Así que teóricamente tendría que haber muerto aproximadamente hace medio siglo siendo ya un anciano longevo. Pero no murió. Ni siquiera envejeció a partir de los treinta. Por eso ha cambiado constantemente de identidad. Por eso no aparece en ningún registro. Y por eso no puedo denunciar su desaparición.
—¿Hablas en serio? – Su amigo tenía media sonrisa dibujada en la cara, como si pensase que le estaba gastando una broma.
—La rama a la que se dedica Nathaniel es la alquimia, Alfie. No sé si sabes en qué consiste. – Ignoró su expresión de desconcierto.
—Bueno, sé lo básico. Tu amigo Nathaniel tiene la piedra filosofal, es amigo de Nicolás Flammel y es Lord Voldemort el que le ha secuestrado. ¿Te has vuelto completamente loca, Ingrid?

Ella suspiró, esperando aquella reacción, y se encaminó hacia la mesa del comedor, donde Felina y ella tenían esparcido el manuscrito falso. Cogió la introducción, que sí que era exactamente igual que la original, donde explicaba los principios básicos de la Alquimia de forma resumida, y se la tendió a Alfie.
—No existe la Piedra Filosofal. Eso es un mito. Pero si es cierto que los avances en la alquimia han dado unos resultados interesantes.
Alfie tomó las hojas que le tendía y comenzó a leerlas, ceñudo, en silencio. Felina e Ingrid intercambiaron una mirada tensa.
—Bueno. No niego que esto podría tener una base científica, Ingrid, aunque tendría que ver los experimentos pertinentes que probaran todo esto. Me resulta muy difícil de creer. Sé que la Alquimia fue la base en el pasado de la ciencia moderna. Pero pensaba que debido precisamente a la evolución de la ciencia tal y como la conocemos hoy en día, todas estas ramas esotéricas se habían extinguido.
—Mírame a mí – intervino Felina, con su maullido articulado. Alfie dio un respingo, y la miró, atónito – yo una vez fui una gata corriente. Nathaniel alteró mi ADN y modificó las células necesarias para que fuera humana.
—Pensaba que lo de los ojos eran lentillas, y el pelo tinte – musitó, anonadado.

—No, no lo son. ¿Querías una prueba de lo que la alquimia puede hacer? Aquí me tienes
—Ingrid, hay cosas que no entiendo. Puedo ver cómo conectas la idea del lenguaje dando forma a las estructuras de pensamiento, pero no cómo eso se desarrolla hasta el punto de poder modificar las estructuras fuera del cerebro – Había dejado de mirar a Felina, concentrándose en la parte racional del asunto, como posponiendo el enfrentarse a aquella prueba andante y perturbadora.
—No lo sé, Alfie, yo estaba tan reticente a creerlo como tú, y hay respuestas que no puedo darte. Pero he visto cosas que jamás hubiera creído, así que cualquier explicación a eso me resulta válida. Si rescatamos a Nathaniel, tal vez él pueda contarte cómo funciona.
—Así que no me estás gastando ninguna broma.
—No.
—Eres el humano al que ha costado menos convencer – Felina sonrió, mostrando, ahora sí, sus pequeños colmillos afilados.
—Bueno, no acabo de estar convencido de todo esto, pero entiendo que alguien podría estar interesado en ello si fuera verdad, y que vuestro amigo se ha metido en un buen lío. Eso parece lo más urgente, así que como bien dices, cuando lo rescatemos, ya tendrá tiempo de darme todas las explicaciones pertinentes y convencerme.
—Entonces ¿no piensas que esté loca? – preguntó, esperanzada.
—Ingrid, siempre he pensado que estás loca. Mi madre siempre solía decírmelo de pequeño, cuando te conocí y empecé a seguirte a todas partes. “Esa niña atolondrada acabará por arrastrarte a vete a saber qué lío”. Y no le faltaba razón. Parece que ese gran lío ha llegado. Y ahora ¿nos comemos el pudding?
Alfie se marchó al cabo del rato, y las dos se quedaron sentadas en el sofá, mirando a la pared. Felina parecía satisfecha.
—De todos los humanos que he conocido, ese es el que más me gusta. A diferencia de los demás, sabe ver lo importante y concentrarse en ello.

***

Habían estado hablando de dónde publicar el artículo. Alfie había comentado que no le resultaría difícil que alguno de sus contactos en las universidades de la costa este lo publicara con un pseudónimo, y que era fácil crearle una identidad a ese pseudónimo para que alguien contactara con él. A pesar de las reticencias de Ingrid, porque le parecía demasiado arriesgado, Felina había aplaudido la idea. Ella había insistido en que aquella gente eran profesionales, que seguro que eran capaces de detectar una identidad falsa, pero aquello sólo parecía haber incentivado aún más las ganas de Alfie, que lo había interpretado como un reto. Y como siempre que tenía un reto ante él, tenía que hacer algo para resolverlo. Acordaron que Ingrid escribiría un artículo verosímil, mientras él creaba a su alter ego, y cuando estuviera listo, lo publicarían con el nombre falso en la revista de una de las universidades. Alfie hablaba hasta de comprar un teléfono de prepago al que pudieran llamar. Parecía que llevara toda su vida tramando algo como aquello.

Ingrid escribió un artículo atrayente en el que dejaba entrever algunas de las bases de la alquimia, añadiendo además menciones a los posibles resultados que podían provenir de su práctica. Felina dio el visto bueno. Era lo suficientemente sugerente para atraer a cualquiera interesado en algo similar, y lo suficientemente vago como para que no pudieran hacerse una idea exacta de qué se trataba.

Alfie se había inventado a Terry Johnson, un químico con una colección de premios y menciones falsas, y además de una biografía para su página web (que ambos se habían divertido inventando) había creado una cuenta de correo, y se había hecho con el teléfono más barato de prepago que había encontrado para llamar, añadiendo el número a la página.

Enviaron el artículo firmado con un pseudónimo a varios de los contactos de Alfie. Él les explicó que era algo urgente, y a pesar de lo extraño del contenido, todos parecían confiar lo bastante en él como para publicarlo bajo un pseudónimo, sin hacer demasiadas preguntas. Tardaría al menos una semana en aparecer.

Había pasado el ecuador de diciembre, y a Ingrid los días se le hacían eternos. Los abuelos habían empezado a decorar la casa para

navidad, y la librería también, y su inquietud se veía atrapada en un mundo de luces y colores que se sentía incapaz de compartir.

El humor de Felina tampoco era mucho mejor. Tan sólo parecía animarse cuando Alfie aparecía en casa por las noches. Su preocupación por Nathan no era tan grande, ya que ni siquiera lo conocía, así que para él la espera era más llevadera que para ellas dos, y se las apañaba para animarlas un poco. Ingrid nunca había estado tan agradecida de tenerle como durante aquellos días.

Por las mañanas pasaba horas en la librería, haciéndole compañía. Su madre se sentía mejor, y en esos momentos siempre recibía la visita de su vecina y amiga, y se dedicaban a hacer punto mientras cotilleaban de todo lo acontecido. Así que él aprovechaba para escaquearse, y le daba conversación en los ratos en lo que ella no tenía que atender a
ningún cliente.

***

Era miércoles por la mañana. Sonó un teléfono. Ingrid y Alfie se miraron, no era el tono de ninguno de sus móviles. Alfie sacó del bolsillo de su chaqueta el teléfono de prepago. En la pantalla aparecía un número oculto. Ingrid le empezó a hacer gestos frenéticos para que descolgara.

—¿Sí? – su voz sonó un tanto temblorosa.

—¿Terry Johnson?

—Sí, soy yo, ¿con quién hablo? – puso el manos libres para que ella pudiera escuchar. Afortunadamente los abuelos no estaban en la librería. Ingrid corrió hasta la puerta y puso el cartel de cerrado. Lo último que necesitaban en aquel momento eran visitas.

—¿Conoce a un hombre llamado Nathaniel Hawk?

—Es posible – su voz se había serenado, al contrario que Ingrid, que sentía cómo un sudor frío le recorría el espinazo, mientras el corazón le bombeaba a mil por hora.

—¿Estaría interesado en volver a verlo?

—No sé a qué se refiere.

—Señor Johnson, por la publicación reciente de su artículo, tenemos el convencimiento de que es usted el aprendiz o el ayudante del señor Hawk. No nos haga perder el tiempo. –El cerebro de ambos trabajaba a toda velocidad. Ingrid trataba de identificar algo extraño en la voz del hombre, algún acento, algún deje característico, pero su inglés americano era perfecto, carente de pistas delatoras.
—Está bien. Quiero recuperar al señor Hawk.
—¿Tiene usted algo que nos podría interesar a cambio?
—Tengo el tratado de alquimia que están buscando.
—Ya empieza a sonar usted razonable, señor Johnson.
—¿Cómo sé que si les entrego el tratado liberarán al señor Hawk?
—Es un pacto entre caballeros, señor Johnson. Nosotros no tenemos ningún interés en el señor Hawk, sólo queríamos saber dónde está el tratado.
—Haremos un intercambio.
—No, señor Johnson. Usted dejará el tratado en la taquilla número 129 de Jefferson Station el viernes a las ocho de la mañana. Nosotros recuperaremos el tratado, y cuando certifiquemos que no nos ha engañado, le llamaré para comunicarle dónde puede encontrar al señor Hawk. Taquilla 129. ¿Lo recordará?
—Sí.
—Un placer hacer negocios con usted, señor Johnson.
La línea se cortó, e Ingrid y Alfie intercambiaron una mirada nerviosa.
—Jefferson Station está en Filadelfia. Tenemos que volver – declaró Ingrid, más para sí misma que para su amigo.

13

La abuela torció el morro al enterarse de que su nieta volvía a marcharse a Filadelfia, pero no dijo nada, ya que al menos Alfie iba con ella y le había pedido que le echara un ojo a su madre. Sólo iban a ser un par de días, o tres. El domingo como tarde, todos estarían de vuelta en Inverness.

Cargaron el coche de Ingrid con su escaso equipaje y salieron a la carretera. Habían reservado un hotel, ya que no podían estar seguros de que los secuestradores, fueran quienes fueran, no conocieran la ubicación del piso de Nathaniel en Filadelfia. Al fin y al cabo, no sabían en qué lugar lo habían secuestrado.

Llegaron a la ciudad el jueves a media tarde. Ingrid casi no sentía las piernas de las horas que llevaba conduciendo sin parar, pero no había querido detenerse para descansar. Cuanto antes llegaran, mejor. Habían elegido un hotelito pequeño y no muy conocido, con aspecto más bien cochambroso, aunque regentado por una amable señora con una aguda miopía escondida tras un par de gruesas gafas.

Subieron a sus habitaciones. El falso tratado era bastante pesado, y hacía que el asa de la bolsa de deporte le mordiera el hombro a la joven sin piedad. Habían cogido unas habitaciones gemelas que se comunicaban entre sí. Se sentaron en círculo sobre una de las camas de matrimonio.

—Bien, repasemos el plan. – A pesar de que lo habían repetido infinidad de veces repasando cada detalle, buscando pros y contras y pensando en nimiedades que pudieran hacerles fallar, Ingrid no estaba tranquila. Había muchas cosas que podían ir mal. Iban a necesitar mucha suerte para conseguir dar con Nathan. — Felina y yo entraremos antes en la estación, y nos sentaremos cerca de la taquilla, fingiendo que estamos esperando a algo o a alguien. Alfie entrará a las ocho en punto, y dejará el tratado falso en la taquilla. Después irá al piso de Nathaniel, por si alguien le sigue, y se quedará allí, hasta que le indiquemos que es seguro salir. En cualquier caso, no volverá al hotel, que es donde traeremos a Nathan cuando lo saquemos del hospital, le indicaremos dónde encontrarse con nosotras, cogerá el transporte público que le parezca bien, y se reunirá con nosotras para coger el coche y largarnos de aquí. ¿Todo el mundo lo tiene claro? – los miró, inquisitiva, y ambos asintieron.

Aquella noche no pudo dormir nada. Pero al menos, no le acecharon las pesadillas.

***

Felina casi parecía una chica normal, con el gorro de lana cubriéndole el pelo, la bufanda ocultando sus colmillos y unas enormes gafas de sol que ocultaban sus iris amarillos y sus alargadas pupilas negras.

Entraron en Jefferson Station un cuarto de hora antes de la hora, y atravesaron una marea de transeúntes que se dirigía a los distintos andenes. Ingrid fingió consultar una de las pantallas informativas con los horarios de salida, mientras Felina, rápida y casi imperceptible, localizaba la zona de taquillas indicada.

—Sentémonos en ese banco – indicó la chica gata. – No miramos directamente a las taquillas, pero tenemos un ángulo de visión aceptable. Y pase lo que pase, tú ponte a leer, o a hacer como que lees, y déjame a mí la vigilancia, soy mucho más hábil que tú.

—Estoy de acuerdo – estaba tan nerviosa que un tembleque incontrolable se había apoderado de su pierna de derecha, y no podía parar de dar golpes en el suelo con el talón.

A las ocho en punto, Alfie pasó por delante de ellas sin apenas mirarlas de reojo. También él llevaba suficientes capas de abrigo como para que no se le distinguiese el rostro. Llevaba un paquete de papel marrón bajo el brazo. Se aproximó a las taquillas y depositó el falso tratado en el interior de la 129 rápidamente. Volvió la puerta, pero ni echó moneda ni la cerró con llave. Se alejó tan rápidamente como había venido, sin echar un vistazo si quiera a donde ellas estaban sentadas.

—¿Crees que van a seguirle? ¿Qué pasa si le secuestran a él también? – le susurró Ingrid a Felina, con urgencia.

—Nathaniel es fácilmente secuestrable porque legalmente no existe, pero Alfie sí que existe. A él sí que podría buscarle la policía. Y está claro que estos tipos buscan discreción, no creo que quieran tener a nadie rastreando su pista.

Permanecieron alerta durante un buen rato, observando minuciosamente a todo el que pasaba cerca de las taquillas, pero nadie se paraba. Empezaban a sentirse entumecidas de pasar tanto rato sentadas en la misma posición en el frío banco metálico, cuando un hombre alto y calvo, con un aspecto de lo más ordinario, se acercó lentamente a las taquillas.

—¡Felina! – siseó Ingrid, cuando una descarga de adrenalina le recorrió el cuerpo.

—Cállate. No podemos llamar su atención.

El hombre se tomó su tiempo. Parecía estar eligiendo una taquilla para guardar algo. Cuando pensaban que tal vez sólo fuese un transeúnte más que realmente quería guardar su mochila, se aproximó en un arranque de decisión a la 129. La abrió rápidamente y sacó el paquete, metiéndolo a velocidad de vértigo en su bolsa. Pasó por delante de ellas sin prestar atención. Al menos aparentemente no sospechaba de ellas. Cuando se había alejado varios metros, y estaba a punto de desaparecer tras una de las puertas automáticas que conducían al exterior, Felina le dio la señal para que se incorporara. Se puso de pie casi de un salto y sus piernas parecieron querer empujarla a correr una maratón.

—Despacio, Ingrid, sólo te falta el periódico con agujeros para llamar la atención.

—¡Pero ha salido por allí, vamos a perderlo!

—Tú puede que no lo veas, mi querida humana, pero yo puedo oler por dónde ha ido exactamente. – Felina le dirigió una de sus mejores sonrisas burlonas. — ¿Por qué te crees que se me da tan bien encontrar gente?

—Y ¿qué pasa si no entrega el tratado en el mismo lugar en el que tienen a Nathaniel? Igual se lo lleva a algún jefazo que no se ha manchado las manos en todo el asunto de la tortura y ha contratado mercenarios.

—Es una posibilidad, pero tenemos que seguir adelante con el plan, porque no tenemos otro. Además, creo que, dado que Nathaniel les resulta valioso, y al mismo tiempo, peligroso, sea quien sea que está detrás del secuestro, lo querrá tener bajo estrecha vigilancia.

El calvo se había metido en la boca del metro más cercana y desapareció escaleras abajo.

—Ahora sí que puedes darte prisa, si coge un tren antes de que lleguemos, perderemos su rastro.

—¿Qué pasa si nos reconoce?

—No se ha fijado en nosotras, no lo hará.

Bajaron a toda prisa las escaleras, y comenzaron a caminar más sosegadamente cuando entraron en el andén. El hombre se encontraba casi al principio, y se aproximaron lo suficiente en el mismo momento en el que llegaba el metro con un silbido. Se subieron por otra puerta al vagón siguiente, y se sentaron en diagonal. Felina podía verlo de reojo, pero quedaba fuera de la vista de Ingrid.

No tardó mucho en bajarse. Apenas habían pasado tres paradas. Esperaron a que atravesara la puerta y entonces ellas atravesaron de un salto la de su propio vagón, justo antes de que se cerraran. El hombre caminaba sin darse la vuelta, a paso ágil. En vez de tomar la conexión con otra línea, se dirigió a las escaleras de salida. Ingrid y Felina le siguieron a una distancia prudencial, ya que una vez en la calle, a la chica gata no le resultaba complicado rastrear su olor y podían permitirse dejar más espacio entre ellos. Ingrid estaba desorientada. No conocía aquella zona de la ciudad.

El calvo caminó con paso seguro y rápido por la acera y dobló la esquina de la calle. El chute de adrenalina que había estallado dentro de sus venas le daba la sensación de que casi volaba mientras lo seguían. Los movimientos de su compañera se asemejaban más que nunca a los de un depredador. El hombre enfiló calle abajo sin volverse en ningún momento. Cuando parecía que iba a tomar otra calle, hizo un giro radical y entró en un portal.

Era un edificio de ocho plantas en pleno estado de restauración. No se veía abandonado, sin embargo, una fila de andamios ocultaba toda la fachada. Era una construcción antigua, y por el lugar en el que se encontraba, era mucho más factible que hubiese albergado oficinas que viviendas. Un centro de negocios en plena fase de lavado de cara era un escondite que perfectamente podía albergar cualquier tipo de turbiedad mientras sus usuarios habituales habían sido desplazados.

Felina e Ingrid intercambiaron una mirada. Tenían que entrar en el edificio, pero no tenían llave, y era evidente que no podían llamar al timbre. Además, era posible que hubiese algún tipo de vigilancia al otro lado de la puerta.

—¿Crees que lo tienen aquí? – preguntó Ingrid, con un susurro quebrado.

—Es bastante probable – Felina mantenía la vista fija en la cerradura.

—Y ¿cómo lo hacemos?

—¿Aún llevas esa navaja en el bolsillo?

—Sí.

—Pues úsala. – La azuzó, poniendo los ojos en blanco, exasperada una vez más por tener que explicar sus pensamientos en voz alta.

Ingrid nunca había forzado una cerradura en su vida. No tenía ni la menor idea de cómo hacerlo. Mientras Felina vigilaba los extremos de la calle con un disimulo que sólo era posible para alguien como ella, sacó la navaja que le había acompañado durante todo su extraño viaje y que no se había visto en la necesidad de usar. Era una de aquellas suizas compactas multifuncionales. Se suponía que, si se podía abrir una puerta con una horquilla, no debería ser mucho más complicado con alguno de los apéndices de la navaja. Empezó a hurgar con la pequeña lima de uñas sin ningún resultado. Felina bufó con impaciencia. En un momento de inspiración se fijó en los

pequeños tornillos que sujetaban la cerradura a la puerta. Era prácticamente un milagro, pues no recordaba ninguna otra cerradura que pudiese desatornillarse, pero aquella era una puerta vieja, y supuso que cambiar las medidas de seguridad para entrar se encontraría entre los planes de restauración. Por suerte para ellas, aquella fase aún no había comenzado. Sacó el destornillador de la navaja, y casi se puso a dar gracias a todas las divinidades existentes al ver que encajaba.
Se dio toda la prisa que pudo en desatornillar y desmontar la cerradura, y la puerta se abrió para ellas.

Felina le hizo un gesto de silencio y se adentraron en el edificio. No había ni rastro de nadie. Estaba en completo silencio. La chica gata, Ingrid supuso que, siguiendo el rastro del calvo, se encaminó hacia las escaleras y empezó a bajar. Ella no estaba muy convencida de que fuera muy seguro, pues corrían el riesgo de tropezarse de frente con quien fuera que estuviera allí. Que el calvo se hubiera dirigido al sótano era una señal esperanzadora, al menos para ella. Si tuviese que secuestrar a alguien y esconderlo, intentaría que fuese en un lugar aislado y sin ventanas.

Conforme se acercaron al final de la escalera, empezaron a escuchar voces mitigadas. Había varias puertas en la dirección de las voces, y un pasillo en el que no podían ocultarse en ningún sitio. Ingrid intentó agudizar el oído, aunque era evidente que Felina estaba escuchando mucho mejor que ella. El suelo era de moqueta y amortiguaba los sonidos, aunque le daba un miedo atroz que crujiera en cualquier momento bajo sus pasos.

A un gesto de Felina, se dirigieron velozmente hacia las puertas. Ingrid no sabía que se proponía hasta que abrió una de ellas y gesticuló frenéticamente para que entrara tras ella. Al entrar se dio cuenta de que la puerta de la izquierda tenía cerradura. Era la única que la tenía.

La sala en la que habían entrado estaba completamente vacía, y a oscuras. Faltaba la bombilla del techo y tenía pinta de haber servido para almacenar algo, pues había marcas de estanterías que habían sido desincrustadas hacía relativamente poco de la pared.

Pegaron la oreja al muro que las separaba de la habitación contigua.

—Bueno, señor Hawk. Tiene amigos muy complacientes, ya podría aprender de ellos – era la misma voz del hombre que había telefoneado a Alfie. Aquella pronunciación perfecta carente de cualquier tipo de acento o rasgo lingüístico que permitiera relacionarlo con su procedencia era, irónicamente, inconfundible. Ingrid y Felina intercambiaron una mirada. Nathaniel estaba allí, en la habitación de al lado. Pero no respondió. – Por supuesto, vamos a tener que entregarle a mi jefe el tratado para que corrobore su autenticidad. Si su amigo nos ha intentado engañar, quizá podríamos ir mandándole partes de usted para convencerle de que le conviene no jugar con nosotros. – De nuevo, silencio por parte de Nathaniel.

O estaba amordazado o sus condiciones físicas no le permitían responder. Ingrid tuvo un escalofrío pensando en sus pesadillas y las múltiples torturas que las habían poblado todas aquellas noches sin descanso.

—¿No has visto a nadie sospechoso en la estación?

—No, señor – aquella debía de ser la voz del calvo.

—¿Estás seguro de que nadie te ha seguido? El intercambio es la parte más peligrosa.

—No había ningún hombre cerca de las taquillas en la estación. Y he estado observando un rato antes. El tipo ha venido y se ha marchado, no me cabe duda.

—Voy a subir a llamar al jefe. Querrá mandar a alguien a comprobar la autenticidad de inmediato.

—Y ¿qué hacemos con éste? – preguntó entonces el calvo, dubitativo.

—Conservarlo hasta que nos digan lo contrario. Tendremos que eliminarlo, eventualmente. Me va a dar pena. Tanta resistencia a mis métodos ha llegado a conseguir que lo respete. Quédate aquí con él. Dentro de la habitación. Cerraré. No debería despertarse, le he dado la última dosis no hace mucho, pero con estos extraños seres no hay que confiarse. Nadie sabe lo que es capaz de hacer.

Oyeron pasos y la cerradura girando bajo el peso de la llave. Felina le hizo un gesto, pasados unos segundos y salieron precipitadamente. No sabían dónde había ido el interlocutor del calvo, pero todo parecía indicar que se había marchado escaleras arriba, y podía volver en cualquier momento. Ingrid no había corrido tanto en su vida. Salieron a la calle sin toparse con nadie, y se alejaron por la acera hasta tener cierta distancia de seguridad.

—Vale, está ahí, y lo tienen drogado – dijo, intentando recuperar el aliento.

—Pues ¿a qué esperas? Llama a la policía.

Ingrid sacó el móvil y marcó el número de emergencias.

—¿Hola? ¿Emergencias? He oído unos gritos horribles saliendo de un edificio en obras. Creo que retienen a alguien y le están torturando.

Le preguntaron la dirección.

Escasos minutos después oyeron las sirenas de los coches de policía aproximándose a toda velocidad.

Cuatro agentes bajaron de los coches rápidamente y entraron derribando la puerta de una patada. Se oyó jaleo. Se oyó un disparo. A Ingrid se le heló la sangre pensando en lo peor. Otra sirena irrumpió en escena. La ambulancia aparcó junto a los coches y los paramédicos salieron con una camilla. Nadie salió del edificio. Había otros dos agentes vigilando desde los coches.

Los minutos siguientes se le hicieron horas. Parecía estar presenciando una película a cámara lenta. Felina se encontraba totalmente inmóvil, en un estado de tensión tan absoluta, que Ingrid estaba convencida de que si le hablaba daría un salto con la espalda arqueada.

Salieron con la camilla. Nathaniel estaba tumbado en ella, con los ojos cerrados y el rostro escondido bajo una capa de sangre seca, pero descubierto. Estaba vivo. Ingrid tuvo la impresión de que sus piernas se habían vuelto de mantequilla y que se empezaban a derretir.

Los agentes salieron escoltando al calvo. No había ni rastro del otro hombre. Lo metieron esposado en el coche al tiempo que metían a Nathaniel en la ambulancia.

—Espera un momento – dijo Felina.

Ingrid estuvo tentada de acercarse a los médicos para preguntarles a qué hospital le llevaban, pero hubiese sido

extremadamente sospechoso, ya que nadie en la escena del secuestro debía de conocer la identidad del hombre maltratado. Había sido una llamada anónima de socorro. Al igual que el colaborador de Nathaniel era un hombre que en realidad no existía. La joven nunca había sido tan susceptible en su vida, pero Felina le había enseñado bien con su ejemplo. No sabían quién estaba detrás de aquello, y podía ser extremadamente peligroso. Ingrid se negaba a poner en peligro a sus abuelos, o a la familia de Alfie, y aún no estaba nada conforme con haber involucrado a su amigo en todo aquello. Pero eso ya no tenía remedio.

Felina volvió a salir del portal al tiempo que desaparecía la ambulancia. Salía colocándose los guantes, e Ingrid creyó ver que llevaba sangre en las garras. Le miró con gesto interrogante.

—Uno menos – se limitó a decir, provocando un escalofrío que le recorrió toda la columna. Le hizo pensar en el momento en que la había conocido, y había sentido esa sensación de peligro inminente. Felina era una depredadora. Podía matar. – No me mires así, Ingrid. El tipo estaba pidiendo refuerzos. Se había escondido en una de las oficinas vacías dentro de un armario, y estaba llamando a quien fuera pidiendo ayuda. Ahora tengo su móvil – Sonrío malévolamente – Podremos rastrear las llamadas. Pide un taxi. Que nos lleve al hospital más cercano.

—No sabemos a dónde lo han llevado.

—Seguramente habrán decidido dar un paseo por la ciudad y esperar a que se desangre o entre en coma, claro.

Estaba enfadada, así que prefirió no discutir. Paró un taxi y le dieron las indicaciones. Ingrid se ponía irascible cuando tenía miedo, eso podía entenderlo. Pero Felina no tenía miedo. A pesar de todas las peroratas sobre la aceptación de su propia condición de ser híbrido, estaba segura de que atacar como un tigre y matar a alguien tenía sus consecuencias en su conciencia humana. Prefirió no ahondar. Cuando hubieran salvado a Nathaniel se auto — convencería de que había valido la pena, y lo mismo le pasaría a ella. La idea de que un hombre estuviera muerto, probablemente con la yugular sesgada, tirado en el edificio del que acababan de salir le resultaba marciana y casi imposible de creer.

Se acercaron al mostrador de urgencias preguntando por un hombre al que acababan de traer en ambulancia, inconsciente, después de haberle dado una paliza terrible. La enfermera las miró con suspicacia.

—¿Son familiares?

—Soy su esposa – mintió Ingrid, descaradamente – Y ella es su hija.

—Lo han trasladado a cuidados intensivos. ¿Cómo sabían que lo han traído aquí? No hemos podido identificarlo ni llamar a nadie.

—Estaba secuestrado – Ingrid dejó caer una lágrima – ha habido una operación policial y un amigo del cuerpo nos ha dado el aviso.

—Tendrán que esperar a que salgan los médicos. Estaba bastante grave.

Felina le hizo una señal con la cabeza, y asintiendo, se alejaron del mostrador.

—A ver, actriz del año. Todo eso está muy bien. Pero la policía estará rondando por aquí. A ver qué les cuentas a ellos. Y con qué pretexto sacamos a Nathaniel del hospital antes de que, quien fuera el jefe del calvo y el otro tipo, se entere de dónde está.

—No estaría de más que dejáramos que le curaran.

—Con que se le pase el efecto de las drogas será suficiente. Cuando esté consciente podrá hacer que sus células se regeneren, no le harán falta los cuidados intensivos. Te recuerdo que es inmortal.

—Igual no tiene la suficiente energía como para llevar a cabo el proceso.

—Será doloroso, y lento, pero lo superará. Ingrid, tenemos que sacarlo de aquí. Y rápido. Ya le dejaremos descansar en el hotel.

—Vale, tengo una idea.

***

Felina se había negado a ponerse el uniforme de enfermera, así que le encargó la vigilancia del pasillo. Ingrid se había escondido en el

baño rezando por no encontrarse con nadie que le preguntara quién era y qué hacía allí.

Oyó dos golpes en la puerta. Eso significaba que los agentes que habían escoltado la ambulancia habían desaparecido del pasillo. Ingrid consultó su reloj; era la hora de comer. Con suerte, además de los agentes, diversos miembros del personal estarían comiendo.

Atravesó el pasillo a toda velocidad y sin girarse a ver a su cómplice, entró en la habitación en la que, según Felina, habían metido a Nathaniel. Dio un respingo al ver a un médico en la habitación. Eso no se lo esperaba.

—Ah, enfermera, – dijo el hombre, distraído – Viene a hacer las curas, supongo. – Era un hombre ya mayor, con gafas y el pelo canoso. Observaba a Nathaniel con sumo interés – le han dado ya puntos en las heridas más graves y le han inmovilizado el torso, tenía varias costillas fracturadas. Ha vuelto en sí, y hemos tenido que administrarle un sedante porque se ha puesto a aullar como un loco, no me extraña, el pobre diablo. Total, que no hemos podido identificarle. Hasta que no lleguen los resultados de los análisis nada, y espere a que manden a alguien de la policía para ver de qué iba todo lo del secuestro. Se va a complicar todo. ¿Es usted nueva? – De pronto levantó la vista y se fijó en ella – No la había visto nunca.

—Sí, es mi primer día – dijo Ingrid con un hilo de voz.

—Pues qué suerte ha tenido, hijita, nos esperan unos días moviditos con éste. Aunque si no se ha muerto ya, le digo yo que sobrevive a cualquier cosa. Juzgue usted misma – le invitó a acercarse con la mano. No le quedó más remedio que hacerle caso. – La paliza que le han dado... Las palizas, en realidad, porque esto no es de una sola vez. Esto es de un profesional. Sabía dónde dar, cuánto y cuándo dar. Se ve que hasta le han remendado algunas partes del cuerpo para poder rompérselas otra vez y continuar con la tortura. En un secuestro no tratas a alguien así a no ser que quieras sacar información. A saber quién es. Les han dicho a los agentes que han venido su mujer y su hija preguntando por él, y que luego han desaparecido, así que de familiares probablemente, nada. Bienvenida al hospital – le palmeó el hombro, y salió de la habitación.

Ingrid había estado conteniendo la respiración durante todo el monólogo del doctor, y también las lágrimas. Le habían lavado la cara y ya no tenía una capa de sangre seca cubriéndole el rostro, pero se le veía pálido, demacrado y cubierto de golpes y cicatrices.

—Oh, Nathan – quiso abrazarlo y quedarse allí, olvidándose de todo, pero no había tiempo que perder.

Vio una silla de ruedas en un rincón de la habitación. La aproximó a la cama y con cuidado, le quitó el gotero y los cables que lo retenían en la cama, sin saber muy a ciencia cierta qué estaba haciendo. Pensaba en cómo sacarlo de allí sin que le reconocieran cuando vio un carrito lleno de vendas. Cogió una y empezó a envolverle la cabeza con ella. Él gimió. Se estaba despertando.

—Nathan, Nathaniel, ¿puedes oírme? Soy Ingrid. Estás a salvo, nos vamos a casa. – Sólo consiguió oír otro quejido errático.

Consiguió trasladarlo con sumo esfuerzo a la silla de ruedas, y se aseguró de que se apoyara bien en el respaldo.

—Felina, ábreme – siseó. No tuvo que repetirlo.

La chica les lanzó una mirada significativa, pero no dijo nada.

Empezaron a andar por el pasillo en dirección opuesta.

—Felina, no podemos salir por urgencias. El médico me ha dicho que la enfermera del mostrador les ha hablado a los policías de nosotras. Les habrá dado una descripción. No tardarán en volver. Ellos, o algún médico, o la enfermera que de verdad le tuviera que hacer las curas.

—Hablando de curas, ¿has decidido que la mejor forma de no llamar la atención es disfrazándolo de momia?

—Así no se le ve la cara, es lo primero que se me ha ocurrido. – sonrió amablemente cuando se cruzaron con otro médico. – Tenemos que salir de aquí. Nos está viendo demasiada gente.

—Pues por la salida de emergencia.

—¿Dónde está?

—Sígueme. – Echaron a correr por el pasillo, y el cuerpo desmadejado de Nathaniel se tambaleó peligrosamente inclinándose hacia un lado.

—¿Cómo lo vamos a bajar con silla de ruedas y camisón por las escaleras de emergencia? Bastante me ha costado sentarlo en la silla, y sólo he tenido que empujarle dos palmos.

—Podríais vestirme, eso no estaría mal – Felina e Ingrid intercambiaron una mirada de sorpresa.
—Padre, ¿estás despierto?
—Eso creo – respondió el alquimista, con un hilo de voz.

14

Le ayudaron a bajar por las escaleras. Debía de sentir un dolor inmenso a cada paso que daba porque tardaron una eternidad, pero no se quejó ni una sola vez. Al menos, no se quejó de lo que le dolía.
—¿Aún estamos en inverno, no? – Preguntó, entre dientes – No quiero ser impertinente, pero se me están quedando las posaderas y lo que no son las posaderas completamente congeladas.
—Vale, vale. En cuanto terminemos de bajar, yo me pongo mi ropa, y tú el pantalón de enfermera y mi abrigo – respondió Ingrid.
—No me va a caber el pantalón de enfermera.
—Sí te cabe. Igual te viene un poco corto, pero la cintura es extensible.
—Voy descalzo.
—Le diremos al taxista que eres un hippie. Podrías darnos las gracias por haberte rescatado en vez de quejarte tanto. – Le reprochó, aunque

sin mucho énfasis. La preocupación por escapar sin ser vistos, sumada a la alegría de haberlo encontrado con vida eclipsaban todos los demás sentimientos. Ni siquiera tenía fuerza para molestarse un poquito.

—Voy con el culo al aire. Es el rescate con menos dignidad de la historia – Nathaniel gimió. El estar pasando tantísimo frío sumado a sus dolores debía de estar resultando una tortura sobrehumana.

Ingrid se paró en seco, cogió la mochila que llevaba Felina, donde había guardado su ropa, y empezó a desnudarse, pasándole el uniforme de enfermera a Nathaniel, que se vistió diligentemente con la ayuda de su hija. Le pasó los zuecos, que a pesar de venirle pequeños le hicieron suspirar aliviado, y a continuación su abrigo.

Bajaron el resto del tramo de escaleras de emergencia con relativa rapidez.

No tardaron en encontrar un taxi. Tuvieron un sobresalto al ver un coche de policía con un agente dentro, vigilando. Sin embargo, no pareció prestarles mucha atención.

Le dieron al taxista la dirección de su hotel, y el hombre, a pesar de dirigirles una extraña mirada con las cejas arqueadas, no dijo nada. Debían de ofrecer una estampa curiosa; un hombre con todo el rostro vendado y vestido medio de enfermero, medio de mujer, todo con ropa que le venía pequeña.

Ingrid pagó apresuradamente al taxista.

—Llévalo al coche, Felina. Subo a recoger las cosas y nos vamos a otra parte.

—¿Por qué?

—Porque ya se habrán dado cuenta de que ha desaparecido de su habitación, tienen nuestra descripción, y habrán revisado las cámaras de seguridad, o estarán a punto de hacerlo. Si localizan al taxista que nos ha traído podrá decirles dónde nos ha llevado. Así que cojo las cosas y nos vamos a otro hotel.

—No creo que hagan tanto despliegue de medios. Ni siquiera saben quién es.

—Por si acaso.

El nuevo hotel no estaba demasiado lejos y tenía una pinta similar, así que les pareció adecuado. Nada más llegar, Ingrid le mandó un críptico mensaje a Alfie indicándole que todo había ido bien, pero que estaban alojadas en otra parte. Una parte de sí misma quiso llamar a su amigo y contarle toda la odisea con pelos y señales, pero le urgía atender a Nathaniel.

Estaba recostado en la cama, desnudo y cubierto por las mantas, y Felina le había quitado la venda improvisada del rostro. Seguía estando horrible, aunque tenía algo más de color en el rostro. Tenía los ojos cerrados hasta que oyó los pasos de Ingrid acercándose.

—Una parte de mí siempre pensó que lograríais rescatarme, aunque no quise darle mucho crédito – musitó, con voz entrecortada.

—¿Dudabas de nuestras capacidades? – Ingrid le sonrió y le pasó la mano por el pelo, aún pegajoso por la sangre seca.

—Ante unos matones contratados por los servicios secretos, sí.

—¿Servicios secretos? ¿De Estados Unidos? – Nathaniel asintió levemente — ¿El Gobierno ha ordenado que te hagan esto?

—No, el Gobierno no lo ha ordenado. Digamos que alguien poderoso contrató a un grupo de matones con buena reputación de no dejar cabos sueltos para que se hicieran con el manuscrito. Puesto que legalmente hace años que no existo, tenían carta blanca. Lo del secuestro y la tortura intuyo que fue una licencia que se tomaron, pero tampoco nadie iba a pedirles cuentas.

—Y ¿qué vamos a hacer? – El miedo se apoderó de ella. Esa gente tenía recursos para hacer lo que quisieran. Lo sorprendente es que no lo hubiesen encontrado antes.

—Cenar estaría bien.

—¡Nathan!

—En serio, me muero de hambre – hizo un amago de poner su mejor sonrisa torcida, e Ingrid se derritió. No podía pensar que había estado a punto de perderlo.

—Felina ha ido a por la cena.

—No te preocupes, Ingrid. Ahora no saben dónde estoy, otra vez. Llevo siglos dándoles esquinazo. Puedo volver a hacerlo. – Ella le observó en silencio, dudándolo, pero sin querer contrariarlo.

Cenaron, y después le ayudaron a lavarse la cabeza, intentando no mojar el vendaje que le sujetaba las costillas. Alegando que se sentía mucho mejor, le dejaron dormir.

Y ellas durmieron también. Ingrid disfrutó de un sueño profundo y reparador por primera vez en semanas. Porque estaba allí, con ella. A salvo. Lo habían salvado.

Felina le zarandeó sin muchos miramientos, en su línea, para despertarla.

—Ingrid, nos tenemos que ir.

La joven se lavó la cara y se vistió. Felina y Nathan ya la esperaban vestidos, con prendas de su talla y normales. Escribió a Alfie indicándole una dirección y bajaron al coche.

—Espero que no le haya pasado nada – murmuró Ingrid, inquieta, al volante.

—Ya nos habríamos enterado de alguna forma.

Alfie las esperaba, nervioso, en la esquina en la que lo habían citado. Soltó su bolsa en el maletero y se sentó en el asiento del copiloto.

—Yo también me he alojado en un sitio diferente, sí que intentaron seguirme. – Se giró y le dirigió a Nathan una cálida sonrisa de las suyas – Hola. Ha pasado mucho tiempo, pero supongo que me recordarás. Soy Alfie. Guardián custodio de tu tratado de Alquimia y mente pensante del plan de rescate.

—Claro que me acuerdo – Nathan se rio entre dientes, todo lo que sus costillas le permitían – el niño inventor.

—No te lleves el protagonismo, Alfie. Ni que todo se te hubiera ocurrido a ti solito – Ingrid le dirigió la pulla sonriendo, pero sin apartar la vista de la carretera.

—¿Enumeramos las razones por las cuales Nathaniel está en este coche vivito y coleando a ver quién es el genio?

—Ya empezamos – gruñó Felina, sentada en el asiento trasero.

***

Llegaron a Inverness al anochecer. Decidieron que Felina y Nathan se quedaran en casa de Ingrid por el momento, hasta que él no se muriera de dolor al subir y bajar escaleras. Las mansiones lujosas también tenían sus desventajas, especialmente si no estaban adaptadas a modernidades tales como el ascensor.

Ingrid llamó a los abuelos para decirles que ya había llegado, y para preguntarles si podían añadir un invitado más a la mesa de Navidad.

Nathaniel había dormitado casi todo el trayecto, escuchando a ratos la conversación entre el resto de los pasajeros del coche, especialmente la de Alfie e Ingrid poniéndose al día con los eventos, ya que Felina sólo puntualizaba algunas cosas de vez en cuando. Se sentía mejor. Comer y dormir habían ayudado mucho a recuperar suficiente energía como para que sus células empezaran a regenerarse.

Cuando la joven colgó, le miró de reojo con cierta desconfianza.

—Sí que va a ser cierto que eres el alquimista más poderoso sobre la faz de la tierra. Sigues pareciendo un perro apaleado, pero ya no pareces moribundo. – Nathan, instalado en el sofá, le cogió de la mano y le atrajo hasta que la tuvo sentada a su lado.

—Y todo gracias a ti. Como Elisabeth Bennet primero, y como Ingrid Alonso después. Si Jane Austen hubiera sabido que te ibas a adueñar del nombre para dar semejantes tumbos entre dimensiones temporales, se lo habría pensado mejor.

Felina, que no se había despegado de Nathaniel ni un segundo más de lo necesario, decidió que era un buen momento para dar un paseo, a pesar de la nieve y la oscuridad.

—Había imaginado celebrar tu regreso de otra forma ¿sabes? – Nathan le sonrió – Casi doscientos años esperando, y la noche que por fin estamos juntos, contigo sabiendo todo lo que hay entre nosotros, no me puedo casi ni mover.

—Estoy segura de que si has podido esperar siglos, podrás esperar una semana más. En unos días estarás hecho un chaval. No seas impaciente – pero ella también se moría de ganas.

No pudo contener del todo sus deseos y se inclinó a besarle con cuidado. No fue un beso apasionado, el beso de los amantes que se encuentran necesitados el uno del otro después de largo tiempo separados, sino un beso suave y dulce, que trata de no abrir puntos de sutura. Pero con la promesa contenida de mucho más.

—Nathaniel. Hay algo por lo que no he dejado de sentirme mal. – Llevaban un rato callados, sentados uno junto al otro frente a la chimenea, limitándose a disfrutar de su presencia mutua. — ¿Qué fue de Prudence Hall? ¿Seguiste en contacto con ella después de que yo desapareciera?

—La señorita Hall acabó casándose con un joven que hizo carrera política; el senador Grant. Un muchacho bien parecido, y que además de inteligente parecía comprender y apoyar sus ideas feministas. Una vez ella me dijo que habías sido tú la que le había dicho que era mucho más fácil cambiar las cosas teniendo infiltrados en el otro bando.

—¿Se casó con Adam Grant?

—Sí, no sé si enamorada o no, pero debió de decidir que era mejor vivir con él que con su madrastra. Tuvieron un solo hijo, al principio de su matrimonio. No sé si esa pareja vivió lo que es el amor, pero desde luego eran buenos compañeros, hacían un buen equipo. Creo que a Prudence eso le bastó. No fue infeliz. Él dejaba que ella tomara parte en sus decisiones en la vida política. No cambiaron el mundo, pero consiguieron mejoras.

—Me hubiera gustado contarle la verdad.

—Creo que, de alguna forma, ella lo sabía. No todo, claro, pero sabía que no pertenecías allí. Nunca te guardó rencor. Al contrario, creo que para ella fuiste una fuente de ánimo constante aun sin estar presente.

—¿De verdad? — aquello la confortó un poco.

—Ingrid, no puedo asegurarlo, porque ella nunca me lo confesó y en esa época no se hablaba de estas cosas, pero creo que hay un motivo por el cual Prudence nunca se enamoró de un hombre.

—¿Prudence estaba enamorada de mí? – tardó unos segundos en entender lo que estaba sugiriendo.
—Es posible. Al menos no admiró a nadie con el fervor con el que te admiraba a ti. No podría asegurar si eras simplemente su modelo a seguir, o había algo más. Lo cierto es que ambos nos entendíamos muy bien cuando hablábamos de ti y de lo mucho que te echábamos de menos. Fue un alivio tenerla como amiga. Al principio, a pesar de que mi aprendizaje marchaba viento en popa, creía que tu existencia había sido un sueño, o una ilusión. Pero allí estaba Prudence para recordarme que no, que habías sido muy real, y que ambos debíamos el camino que habíamos escogido a tu aparición en nuestras vidas.

***

Ingrid miraba el fuego de la chimenea distraídamente. Oía la respiración pausada de Nathan filtrándose por la rendija de la puerta del dormitorio. Las llamas bailaban al son del crepitar de las ramas que se consumían a su paso. Un ritmo extraño e hipnótico que la había cautivado desde pequeña. Podría pasar horas contemplando el fuego.

Felina estaba acurrucada frente a la chimenea. Juraría que también estaba completamente dormida, pero con ella nunca se sabía. Ingrid estaba convencida de que su compañera en realidad no descansaba nunca. Empezó a tararear una melodía aleatoria, mientras contemplaba con atención una ramita retorcida que dejaba de ser brasa para convertirse en ceniza. De pronto, de la ceniza brotó una pequeña bola de fuego que ascendió unos centímetros y quedo suspendida en el aire. Ingrid se calló, fascinada, y la bola de fuego se apagó.
—¿Felina? ¿Has visto eso?
—¿Qué si he visto el qué? — preguntó con un maullido ahogado mientras se estiraba y la miraba con los ojos entrecerrado.
—La bola de fuego.
—Ingrid, estoy delante de la chimenea, claro que veo el fuego.
—No, la bola que ha salido de las cenizas y ha flotado en el aire. – Ella seguía con la vista clavada en las llamas, por si volvía a aparecer.

—¿No deberías irte a dormir tú también? – la chica gata le dirigió una mirada suspicaz, evaluando si estaba delirando.
—Felina, estaba cantando y la bola ha surgido. Me he callado y se ha apagado.
—Y ¿qué estabas cantando? – sus ojos amarillos cambiaron de sospecha a curiosidad, y sus pupilas se agrandaron ligeramente.
—No lo sé, estaba tarareando distraída algo que me ha venido a la cabeza.
—¿Con palabras?
—No. Sí. No sé. Tarareaba. Con sonidos, pero no una letra de una canción.
—Y cuando te has callado, se ha apagado.
—Exacto.
—Deberíamos despertar a padre. – La chica gata se incorporó de un salto.
—Pero necesita descansar…
—Ingrid, despierta a padre. – Había un tono de urgencia en su voz, pero no en el sentido negativo.

No admitía réplica, así que se dirigió al dormitorio, sintiéndose confusa.
—¿Nathan? – él abrió los ojos y le dirigió una cálida sonrisa. Se recuperaba mágicamente rápido.
—Estaba soñando contigo.
—Nathan, acaba de pasar algo – él se incorporó de golpe, alarmado.
—¿Nos han localizado?
—No, no. No tiene que ver con eso. Es que yo estaba mirando el fuego, he empezado a tararear, y donde sólo quedaba ceniza ha surgido una pequeña bola de fuego que se ha apagado en cuanto me he callado. – Él la miró atónito, con la boca entreabierta, como a punto de decir algo. – Felina me ha dicho que te despertara, no creo que sea importante, pero…
—Vamos delante de la chimenea.

Se sentaron en el sofá, los tres. Felina y Nathan intercambiaron una mirada significativa a espaldas de la joven.

—Ingrid, ¿puedes repetir lo que estabas cantando? – pidió él, con voz suave.
—No, Nathan. Estaba ensimismada. No tengo ni idea de lo que estaba tarareando.
—¿Crees que si nos relajamos y vuelves a ensimismarte mirando el fuego podrías reproducirlo?
—No lo sé – se removió incómoda en el asiento. No tenía ni idea de lo que había pasado, ni de si lo había provocado ella. Podía ser una brasa que había saltado de otro sitio. ¿Cómo iba a repetirlo?
—Si estamos aquí con ella no va a suceder – aclaró Felina – Su mente no funciona bien bajo presión.
—¿Cómo que no funciona bien bajo presión? – la miró indignada. Que después de todo lo que habían pasado juntas hiciera esa afirmación era de lo más hiriente.
—Te bloqueas con las cosas que no puedes comprender.
—Ingrid – Nathan las interrumpió – si lo que ha sucedido no ha sido ningún fenómeno explicable por las leyes naturales básicas, es posible que lo que hayas visto haya sido tu iniciación involuntaria en la alquimia.
—¿Cómo que iniciación involuntaria?
—Has estado estudiando alquimia para ayudarme. Nociones muy básicas. Pero hay personas que tienen inclinación natural a dominar las palabras y con ellas su entorno, y por lo tanto tienen mejor predisposición para dominar nuestra ciencia. ¿No es ese tu caso?
—No lo sé, Nathan. El alquimista eres tú. Yo no tengo ni idea de cómo hacer todo lo que tú haces.
—Y ¿cómo era yo hace doscientos años? Piénsalo, a ti no te queda tan lejos.
—¿Tú tuviste una iniciación involuntaria? – preguntó, dubitativa.
—La mía fue completamente voluntaria, pero a veces, sucede.
—¿Cómo?
—En algún lugar de tu subconsciente, has entendido la melodía del fuego, y has sabido reproducirla.
—O era una brasa que ha saltado.

—O era una brasa que ha saltado – Nathan le sonrió — ¿Tan horrible te resulta la idea de ser alquimista?
—Yo soy periodista, Nathan. – Se arrebujó contra el respaldo del sofá con los brazos cruzados en posición defensiva. Aquello no podía ser posible. Se lo habría imaginado.
—Bueno, no nacemos para ser una sola cosa en la vida.

***

La abuela no le quitaba la vista de encima a Nathaniel. Ni siquiera al servirle la comida. Estaban todos: Los abuelos, Ingrid, Nathan, Alfie y su madre, que habían sido invitados porque la hermana de Alfie no podía desplazarse ya que su hijo se había puesto enfermo, y unas navidades a dos eran un asunto un tanto triste para una familia tan unida como la suya. Felina se había quedado hecha un ovillo en el sofá. Sólo de pensar en socializar con tantos humanos durante tantas horas le producía picores.
—Si no fuera porque ya soy demasiado viejo para estar celoso, diría que tu abuela se ha quedado prendada de este joven que has traído – le susurró el abuelo al oído. Ingrid se aguantó la risa. Ella sí que entendía lo que le pasaba a Betty.
—¿Sabes, Nathaniel? Eres idéntico a un profesor que tuve en la universidad – dijo al fin, en los postres – Pero hasta en la voz. Estoy convencida de que estáis emparentados.
—Oh, es posible. Mi padre tenía varios hermanos, pero no tenían buena relación y no los he conocido. No le gustaba mucho hablar de ellos. Tema de herencia, o algo así. – *Y luego Felina dirá que yo tengo habilidad para inventarme historias,* pensó Ingrid. La abuela pareció darse por satisfecha con la respuesta, porque aunque siguió sin quitarle los ojos de encima, no preguntó nada más al respecto.
—Y ¿a qué te dedicas? – preguntó la madre de Alfie.
—Soy científico, como su hijo. – dijo, señalándolo con un leve cabeceo. — De hecho, hemos trabajado juntos en alguna ocasión y gracias a él conocí a Ingrid.

—Siempre pensé que estos dos acabarían juntos, nunca imaginé que Alfie sería el casamentero de Ingrid – comentó Betty.
—Abuela, Alfie y yo siempre hemos sido como hermanos, sólo en tu mente podría tener cabida esa idea.
—En realidad, yo me alegro. – Apostilló entonces la madre de Alfie. — Conozco a Ingrid desde que era pequeña, y la quiero mucho, pero siempre pensé que con todas las locuras que hacía mi Alfie de pequeño por su culpa, si acababan juntos de mayores, sería una catástrofe continua.
—¡Mamá! – Protestó Alfie – No seas grosera.
—Ingrid no se ofende ¿verdad que no, cariño? Sólo digo que me alegro de que sea feliz con otro hombre que no seas tú. – Alfie se llevó la mano a la frente teatralizando su desesperación. Todos rieron.
—Está bien, ya sabía que nunca tendríamos la bendición de tu madre, y ahora, señor futuro No esposo, ¿por qué no te vienes a fregar conmigo para que las señoras puedan seguir interrogando a Nathaniel? – Ingrid le hizo un gesto con la cabeza, y su amigo levantó sus casi dos metros de la silla para seguirla. – Tengo que hablar contigo – murmuró, cuando estuvo segura de que nadie más les oía.
—¿Qué pasa? – Alfie la miró alarmado. Él también seguía en alerta permanente.
—Ha pasado algo, Alfie. Creo que yo también puedo ser alquimista.
—Bueno, ya has viajado en el tiempo, y eres la novia de uno. Se supone que se puede aprender. No sé por qué pones esa cara de susto.
—No, no. Me refiero a que podría tener una habilidad especial para ello – le contó lo sucedido con el fuego. Él la miró con el entrecejo fruncido, sin interrumpirla.
—Vaya – dijo, cuando acabó – Y ¿qué vas a hacer al respecto?
—No lo sé, Alfie. No tengo ni idea. Nathan está emocionado, y no deja de observarme a escondidas para ver si vuelvo a hacer algo raro. Se cree que no me doy cuenta.
—Pero tú no quieres hacer cosas raras.
—No es que no quiera. Es que no sé lo que quiero. Mira, hace cuatro meses yo dejé un trabajo de becaria en un periódico digital porque estaba harta y quería un cambio. Y de repente he descubierto la

alquimia, he viajado al pasado contratada por un alquimista, me he enamorado de ese alquimista en el pasado, he vuelto y he tenido que salvarle de las garras del servicio secreto de los Estados Unidos, he hecho alquimia sin querer, y ahora él está comiendo con mi abuela en Navidad. Abuela a la que por cierto le dio clase hace cincuenta años o más en la universidad. ¿Crees que puedo tener una mínima idea de lo que quiero ahora mismo? ¡Es todo una locura!

—Creo que estás muy estresada. Creo que estás muy enamorada de Nathan, y creo que lo demás es secundario.

—¡Pero yo soy periodista, Alfie! Debería estar redactando artículos en una oficina o haciendo fotos como máximo, no cantándole al fuego para que se encienda.

—¿Por qué no te vas a casa? – Sugirió entonces, pensativo.

—Porque está Felina y me observa cuando su padre no puede hacerlo.

—No, me refiero a España. A Madrid. ¿Por qué no vuelves allí, te ubicas, y decides que opción te gusta más?

—No puedo volver a Madrid como si nada de esto hubiera pasado, Alfie. Y además, ¿qué pasaría con Nathan?

—Ingrid. Cuando éramos pequeños deseaba que el verano fuese eterno, porque si las vacaciones no acabasen nunca, tú no tendrías que volver a España y podríamos estar juntos siempre. Te echaba tanto de menos. Nada era tan divertido como los meses que pasabas aquí. Y tú siempre estabas dividida. Entre aquí y allí. No puedo creer que sea yo el que te lo diga, pero tal vez volviendo encuentres las respuestas. La mitad de Ingrid que pertenece a Madrid no puede tomar una decisión sin antes volver a ver a sus padres, a sus amigos, los lugares conocidos… Tienes que tomar una decisión difícil. Pero ahora tienes miedo. Y es normal, aquí hemos rescatado a Nathan de un secuestro, nos lo hemos llevado del hospital sin permiso, y hemos cambiado de Estado dándonos un poco a la fuga. Creo que necesitas sentirte segura y tranquila antes de tomar una decisión.

—Pero ¿no te parece todo esto una locura?

—Ingrid, contigo, como bien ha dicho mi madre, todo ha sido siempre una locura. No esperaría menos de ti. Es ese gen Alonso de tu abuelo y

de tu padre, que os hace ir dando tumbos por el mundo y haciendo las cosas más extrañas por amor.
—¿Desde cuándo te has vuelto tan sabio?
—Tú eres una becaria estresada, yo soy un científico reputado con tiempo para pensar. – Le sonrió – Sólo piensa en lo que tú misma le dijiste a Nathan hace doscientos años.
—Eso suena rarísimo.
—Pues lo que le dijiste a Nathan hace un mes, en 1880.
—¿El qué, exactamente?
—Si tienes el poder de hacer cosas maravillosas, capaces de hacer del mundo un lugar mejor, ¿vas a rechazar la oportunidad por miedo? Yo creo que es tu responsabilidad hacer algo si está en tu mano, ¿no?
—Supongo que tienes razón.
—¿Puedes repetir eso, por favor?
—¿Qué? – Alfie la miró maliciosamente.
—Eso de que tengo razón. Pero espera, déjame sacar el móvil y grabarlo para la posteridad.

15

—Así que vuelves a España – Nathan la miraba con un brillo extraño en los ojos, mientras ella cerraba la maleta. Había esperado hasta el final para decírselo.
—De momento. Una temporada, necesito aclararme.
—Nunca pensé que esto fuese a acabar así – de pronto volvía a parecer un niño, pero no entusiasmado. Ingrid se dio cuenta de que el brillo de su mirada bien podían ser lágrimas no derramadas.
—No se está acabando. Nathan, te quiero. No estoy renunciando a lo nuestro. Pero necesito tiempo para digerir todo lo que ha pasado. Si no, no seré capaz de pensar en lo que quiero hacer.
—No estás obligada a ser alquimista, si no quieres. Pensaba que te haría ilusión, pero si te asusta, no tienes que hacerlo. La decisión es tuya, completamente.
—Ya lo sé. Pero Nathan, ser alquimista es mucho más que transformar la materia. Eso lo he aprendido bien. Ser alquimista significa tener que vivir siempre alerta por si alguien te descubre. Significa aislarte de tus conocidos, de tu familia. Significa no envejecer viendo como ellos lo hacen, alejarte para no ver como mueren mientras el tiempo no pasa para ti. Tú mejor que nadie sabes lo que es. ¿No puedes entender que necesite pensarlo? Tú eras un científico brillante. Estabas dispuesto a sacrificar tu vida personal en beneficio de tu carrera. Pero yo no soy así. A mí me gusta pasar tiempo con mis amigos, con mi familia. Me gusta conocer gente nueva. Odio guardar secretos. No quiero vivir escondida, ni quiero tener miedo de que me hagan algo como lo que te han hecho a ti. Por muy emocionante que sea la parte de investigación, no quiero renunciar a mi vida.
—Lo entiendo perfectamente, Ingrid. Pero todo eso son elecciones que yo he hecho. No tiene por qué ser así.
—Quiero envejecer, Nathan. Y tal vez tener una familia un día.
—Podrías envejecer. Basta con no alterar tus células. Y yo envejecería contigo.
—¿Lo harías?
—Si no lo he hecho es porque no sé a quién pasarle mi legado. Cada vez hay menos alquimistas. Quedamos muy pocos. Como bien has

dicho, es peligroso serlo.
—A ti te enseñaron. Tú podrías enseñar a alguien.
—Quería enseñarte a ti.
—Pero si vamos a envejecer juntos, tendrás que enseñarle a alguien más. De hecho, si enseñaras a varias personas, no sería una responsabilidad tan grande, y no tendrías que llevar tú sólo tanta carga.
—¿Sugieres que funde la primera escuela de Alquimia de la Edad Contemporánea? – se echó a reír.
—No sé por qué te ríes, no me parece tan descabellado.
—Es brillante. – Se inclinó y le dio un beso en la frente.
—Como todas mis ideas – respondió, con toda la naturalidad del mundo.
—¿Cuándo sale tu vuelo?
—Mañana por la noche.
—Entonces aún tengo tiempo de hacerte el amor antes de que salgas hacia Detroit.

***

Sus padres la esperaban en el aeropuerto, pero no estaban solos. Elisa y Claudia la saludaban frenéticamente al otro lado de la barrera en Barajas. Podía ver el interrogatorio pasando por los ojos de Elisa. Claudia se limitaba a sonreírle y a mirarla con curiosidad. Durante el trayecto en coche sus padres le preguntaron por los abuelos, por la librería, y el trabajo que había hecho allí, pero no mencionaron a Nathan. A pesar de que Ingrid estaba segura de que la abuela había llamado a su padre para contarle todo con pelos y señales, sabían que cuando ella tuviese ganas, hablaría. Sus amigas no iban a respetarla tanto. Le hicieron prometer que al día siguiente se reunirían en casa de Elisa para tomar café y ponerse al día. Si ellas supieran.

Sus padres prepararon una cena sencilla, y viendo su cara de sueño, no insistieron en que se quedara a charlar después de la cena. Ya tendrían tiempo.

Ingrid subió a su habitación. Hacía mucho tiempo que no dormía allí.

Sin embargo, todo estaba exactamente igual. La colcha de rayas, las postales de los lugares a los que había ido con los que había diseñado el cabecero de la cama, las fotografías de sus amigos, las estanterías abarrotadas de libros, el atrapasueños colgado de la lámpara...

Fuera había comenzado a llover. Ingrid se tumbó en la cama y cerró los ojos. No quería pensar en nada. La ausencia de Nathan le pesaba como una losa en el pecho, a pesar de llevar sólo un día separados. Además, no estaba tranquila. Alfie había prometido mantenerle informada, pero tenía un miedo atroz a que lo encontraran y volvieran a torturarle. Agudizó el oído. Podía sentir el retumbar de las gotas de lluvia contra el alfeizar de la ventana. Sabía cómo se sentía esa lluvia. Como dardos fríos cayendo sobre tus hombros sin misericordia ni tregua, hasta que de pronto, para. Podía ver las gotas, una a una, deslizándose por el cristal y amontonándose como una masa amorfa en el borde metálico de la ventana. Podía sentirlas. Una gota, otra gota, otra más, golpeando con una caricia fría su rostro. Abrió los ojos y se incorporó rápidamente. Se llevó las yemas de los dedos a la cara. Estaba mojada. Miró al techo. Estaba seco. Nada de goteras. Lo había vuelto a hacer. Empezó a reírse de forma histérica, y apretó la cara contra la almohada para ahogar el sonido. ¿Qué había dicho? ¿Había murmurado algo? ¿Tenía que estar en una especie de trance en sintonía con el elemento en cuestión para que algo sucediera?

***

—Entonces ¿quién es ese amante misterioso? – Elisa daba palmas, sentada con las piernas cruzadas sobre el sofá.

—Todavía no me has servido el café. Y te falta apuntarme con la lámpara para comenzar el interrogatorio.

—No me tientes. Y no sé si te mereces el café, nos has tenido completamente abandonadas estos meses que has estado en Michigan. Tres tristes mensajes, y uno de ellos de Feliz Navidad. Es la era de la comunicación, y tú, periodista de pacotilla, no te molestas ni en redactar un triste email.

—He estado muy ocupada – Ingrid sonrió enigmáticamente, sirviéndose ella misma el café.
—Deja de darte aires y desembucha. Claudia, dile tú algo, por favor.
—Lo de los tres mensajes en meses ha sido bastante feo – apostilló la aludida, aguantándose la risa.
—Lo sé, lo sé. Pero de verdad, no he tenido tiempo para nada. Entre los dos trabajos, idas y venidas a Filadelfia y todo…
—Sí, pero para ligar sí que has tenido tiempo, traidora.
—Elisa, era mi jefe.
—¡¿Qué?! ¡Detalles! ¡Ahora mismo!
—Pues se llama Nathan, es algo mayor que nosotras – *por favor, que no pregunten cuánto*— se dedica a la investigación, es muy inteligente, divertido, y la verdad es que no me he sentido tan bien estando con nadie en la vida.
—¿Lo ves? Ya has encontrado a tu hombre.
—No creo que haya sido encontrar al hombre, Elisa. Creo que es por la vida que sé que puedo tener a su lado. Él viaja mucho, hace muchísimas cosas emocionantes.
—Entonces ¿no ha acabado la historia?
—Oh, no ha hecho más que empezar.

***

—Lo ha vuelto a hacer, Felina – Nathan daba brincos de alegría, mientras leía una y otra vez la pantalla de su móvil.

Te echaba tanto de menos que he conseguido que lloviera en el interior de mi habitación.

—¿Significa eso que vas a iniciarla?
—Pero si ya está iniciada. Le sale de forma natural. La instrucción para ella va a ser mil veces más fácil de lo que fue para mí.
—¿Va a volver a Michigan? – Felina contemplaba a su padre con los ojos entrecerrados. No le hacía gracia tener que compartirlo, aunque Ingrid… Bueno, se había terminado acostumbrando a su presencia. No era una humana tan molesta, al fin y al cabo.

—Creo que somos nosotros los que deberíamos trasladarnos a España. Al fin y al cabo, allí nadie nos persigue, puede ser mucho más fácil empezar de cero.
—¿Y montar en avión? – el mero pensamiento provocó que se le erizara el pelo.
—Felina, no quieres quedarte atrás, ¿verdad? ¿Crees que el barco te gustaría más? – Negó con la cabeza – Eso pensaba. ¿Por qué no vas a buscar a Alfie? Estoy seguro de que le gustará estar al tanto de nuestros planes. Mientras arreglaré nuestra documentación y sacaré los billetes. Y debería vender esta casa, si vamos a irnos de forma permanente.
—¿Nos vamos a ir para siempre?
—Es un decir. Pero al menos vamos a irnos una larga temporada.

EPÍLOGO

El sol se alza tímido entre las montañas, y empieza a bañar con su abrazo cálido las profundidades del valle. Los picos cubiertos de nieve resplandecen a su paso. Pueden verse los tejados de pizarra absorbiendo el calor. El pueblo aún duerme. Por poco tiempo.

La casa que ha comprado está un tanto alejada. No mucho, lo justo para tener intimidad, pero que no parezca una mansión encantada que atraiga a los niños curiosos. De momento vivirán allí los tres. Pero Ingrid le ha convencido para que transmita su legado. Para que lo aproveche al máximo, a pesar de las posibles consecuencias. Ahora son dos alquimistas, pero en el futuro serán más.

El tratado está cuidadosamente guardado en un lugar secreto. Nathan se lo sabe de memoria. Ingrid le dedica horas de estudio cuando él está haciendo otras cosas. Al fin y al cabo, también es suyo. La caligrafía de las primeras páginas lo demuestra.

Ya no es sólo la ayudante del alquimista. Ahora la alquimia forma parte de ella.

AGRADECIMIENTOS

En primer lugar, quiero darle las gracias a mi madre, ya que ni este libro ni los anteriores habrían existido de no ser por ella, que me convirtió en una lectora voraz.

En segundo lugar, mis lectoras beta; Marina y Blanca, que leen cada cosa que escribo, Raquel, que devoró esta novela y se quedó con ganas de más, y Adriana, que la puso bajo su lupa de persona que sabe.

También a mis hermanos, José Antonio y Nieves, que son mis correctores incansables, y no se dejan ni una coma sin inspeccionar.

En tercer lugar, a Carlos, por su apoyo y su ánimo constante, por no dejar de creer en mí e insuflarme ilusión cuando a mi me falta.

Por último, a todos aquellos escritores que con sus obras han inspirado el imaginario colectivo y el mío individual. Gracias por crear hogares a los que poder volver siempre. El libro está plagado de referencias, porque sin ellas, nunca hubiera empezado a vivir.

206

Printed in Poland
by Amazon Fulfillment
Poland Sp. z o.o., Wrocław